게으른 게 아니라

충전 중입니다

게으른 게 아니라
충전 중입니다

2019년 02월 20일 초판 01쇄 발행 │ 2024년 06월 25일 초판 18쇄 발행

글·그림 댄싱스네일

발행인 이규상
편집인 임현숙

펴낸곳 ㈜백도씨 **출판등록** 제2012-000170호(2007년 6월 22일)
주소 03044 서울시 종로구 효자로7길 23, 3층(통의동 7-33)
전화 02 3443 0311(편집) 02 3012 0117(마케팅) **팩스** 02 3012 3010
이메일 book@100doci.com(편집·원고 투고) valva@100doci.com(유통·사업 제휴)
블로그 http://blog.naver.com/h_bird **인스타그램** @100doci

ISBN 978-89-6833-202-9 03810 ©댄싱스네일, 2019, Printed in Korea

어제도 오늘도
무기력한 당신을 위한
내 마음 충전법

게으른 게 아니라
충전 중입니다

글 · 그림 댄싱스네일

허밍버드
Hummingbird

우울과 무기력을 심하게 앓던 인생의 암흑기 때는 정말이지 책 한 줄 읽기도 힘이 들었다. 그래서 그때의 나와 같은 시기를 지날 누군가가 편하게 접할 수 있는 콘텐츠를 만들고 싶어 그림일기를 그리기 시작했다. 부족하게나마 거기에 글 몇 줄을 덧붙이다 보니 그걸 보고 위로받는 사람들이 생겨났고, 그들을 통해 나 또한 위로를 받기도 하며 그 내용들을 모아 책으로 만들기로 했다.

이 책에는 나의 우울과 무기력이 정점을 찍었던 20대 중후반, 3~4년간의 기록을 담담한 톤으로 재구성한 단상들이 담겨 있다. 책을 쓰는 동안에도 나는 무기력을 극복 중이었고, 여전히 괜찮지 않은 날은 찾아왔다. 사고 패턴을 바꾸기 위해 수년간 노력해 왔음에도 드문드문 마음이 지하 30층쯤까지 주욱 미끄러져 들어가곤 했다.

그렇게 내 일상이 균형을 잃었을 때면 SNS에 적힌 '위로받고 있다', '감사하다'는 댓글들을 마음 편히 볼 수 없었다. '무기력증을 겪었고 이젠 어느 정도 극복했다'는 이야기를 그림으로 연재하기 시작한 뒤로 괜한 책임감 같은 것을 느꼈기 때문이다. 누군가는 나를 보며 좋아질 수 있다는 희망을 가질 거란 생각 때문에 더더욱 잘 지내는 모습만 보여야 할 것 같아 마음이 무거웠다. 그렇게 책임감에 압박감까지 더해져 가슴 깊은 데서부터 타들어 가는 듯한 익숙한 감정이 종종 나를 반기거나 짓눌렀다.

그러는 사이 반복되던 무기력감에도 변화가 생기기 시작했다. 최근에 찾아온 무기력감은 이상하리만치 짧았다. 오히려 예전처럼 그것에 잠식되어 버리고 싶을 때에도 잠시 머물더니 사라졌다. 아마도 내 안에 기생할 무기력 숙주가 점차 줄어들었기 때문이리라. 무기력한 기분들은 내 안의 무기력 숙주에 들러붙으며 몸집을 키운다. 그러니 지금의 나에게 존재하는 무기력감이 줄어들수록 새로운 무기력들이 기생할 곳도 좁아지게 마련이다. 책을 다 써 갈 즈음에는 마음속 검은 때들이 벗겨져 나가는 걸 느꼈다. 느리지만, 조금씩.

여전히 고군분투하는 나지만, 감히 누군가를 위로하겠다는 거창한 목표로 이 책을 만들 수 있었던 건 나 또한 상담과 코칭을 받고, 팟캐스트를 듣고, 책을 읽으며 누군가를 통해 받았던 위로를 반드시 되돌려 주어야겠다는 생각 덕이었다. 비록 전문가의 말은 아니지만, 전문가와의 상담을 통해 스스로 체득한 나만의 이야기들이 비슷한 어려움을 지나고 있는 이들에게 도움이 되길 바란다.

무기력은 스트레스 상황이 왔을 때 나타나는 반응일 뿐, 병이 아니다. 반드시 괜찮아진다는 믿음이 필요하다.

CONTENTS

PART 03

오늘도 내일도 집에만 있고 싶다

텅 빈 마음 충전하는 나만의 작은 의식

PART 04

하기 싫은 건 지극히 정상입니다

PART 01

나도 내가
왜 이러는지 모르겠다

나도 구김살 없는 사람이었으면

어릴 적 나는 잘 웃지 않는 아이였다.

거울을 보며 웃는 연습을 한 뒤로
날 좋아해 주는 친구들이
하나둘 생겼는데

나는 밝은 사람이 아니라서

본래부터 티 없이 맑고
밝은 친구가 부러웠다.

나도 구김살 없는 사람이 되고 싶었다.

아직도 마음속에
지워지지 않은 검은 때가
묻어 있는 것 같은 날이 있다.

그걸 드러내면 사람들이 날 떠날 것 같아
가끔은 정말 두렵다.

마음속 검은 때

얼마 전까지만 해도 나는 꽃이나 나무를 보며 아름다움을 잘 느끼지 못했다. 동물도 그렇게 좋아하지 않아서 고양이나 강아지를 보며 귀여워 어쩔 줄 몰라 하는 사람들에게 공감하기도 어려웠다. 그럴 때면 매정한 냉혈한처럼 보일까 봐 '솔' 톤으로 목소리를 가다듬은 뒤 "와~ 귀엽다! 너무 예쁘다!" 하며 내가 할 수 있는 최고의 리액션을 하곤 했다.

언제부턴가 내가 남들과 좀 다르다는 걸 인지하기 시작했지만 나는 그냥 원래부터 그런 사람인 줄 알아서 일단 상황만 넘기면 그만이었다. 그렇게 웃음이라는 보호색을 띤 채 사람들 틈에 섞이기 바빴다. 웃는 얼굴 뒤로 필요 이상의 감정들을 가릴 수도 있었고, 웃고 있기만 하면 누구도 나의 결핍에 대해 묻지 않으니 편했다. 그러다 보니 적절한 감정을 느끼는 기능이 점차 떨어졌는지 더 이상해졌다. 모두가 심각한 상황인데 혼자만 공연히 웃음이 터져 분위기를 이상하게 만들 때가 있는가 하면, 상황에 맞게 화를 내야 할 때에도 얼굴은 웃고 있었다.

부정적 감정을 서툴게 표현했다가 도리어 상처 입는 경험을 겪게 되면 자신의 감정을 그대로 드러내기 두려워져서 느끼기 이전에 가치 판단부터 하게 된다. 부정적 감정은 나쁘니까 숨겨야 하고, 긍정적 감정은 좋으니까 그것만 드러내야 한다고. 제때 흐르지 못한 감정들은 그대로 고이고 썩어 긍정적 감정을 느낄 수 있는 통로마저 막아 버린다.

마음속 검은 때를 다른 사람과 공유한다는 건 쉽지 않은 일이다. 누군가는 악용할 수도 있고, 받아들일 준비가 미처 안 된 사람에게는 무례한 일이 될 수도 있다.

만약 나의 구김살들을 내가 먼저 안아 줄 수 있다면 억지로 웃어 보이지 않고도 세상의 아름다움을 이야기할 수 있게 되지 않을까.

나에 대해 뭘 안다고 그래?

하루에도 몇 번씩 다른 사람들을 판단한다.
메신저 프사와 상태메시지를 보고.

연애하나..?

*프사=프로필 사진

김프사

옷차림과 표정을 보고.

일부를 보고 그 사람 전체를 다 안다고 확신한다.

그냥.. 화장
안 한 건데..

요즘 안 좋은 일 있어?
안색이 안 좋네~

하지만 누군가에게 판단당하고 싶지는 않다.

나에 대해 뭘 안다고 그래???

일부가 언제나
전체를 대변할 수 있는 건 아니다.

대체 어쩌라는 거냐

바쁜데 심심하다.

막상 시간이 생기면
딱히 갈 데가 없다.

날씨가 좋다.

놀고 싶다.

나가 놀고 싶지만 집에 있고 싶다.

집에만 있으니까
심심하다.

약속이 생김.

집에 가고 싶다.

나는 불행한 운명인 걸까

옛날 옛날에 오랫동안 우울했던 토끼가 살았어요

오랫동안 우울했던 토끼는
어느 날 행복이 찾아오자
왠지 몹시 불안해졌어요

그러다 다시 불행한 일이 생겨 버리면
슬픈 한편으로 왠지 모를 안정감을 느꼈지요

오랫동안 우울했던 토끼는 불안한 행복보단
안전한 불행이 낫겠다고 여기며 잠이 들었어요

불안한 행복보단
안전한 불행이 낫겠어

우연적 불행 앞에 '운명'이라는 라벨을 붙이는 순간, 모든 것이 쉬워졌다. 팔자 탓 뒤로 숨고 나면 더 이상 행복을 꿈꿀 필요도, 당면한 처지를 개선하려 노력할 이유도 없어지니 참 편리했다. 비관론의 달콤함을 알게 된 나는 그간 겪어 낸 불행한 사건들을 정성껏 모아 한데 꿰어 그럴듯한 신조를 만들어 냈다.

'그거 봐. 내가 이번에도 이럴 줄 알았지. 역시 난 이렇게 살 운명인가 봐.'

행복이 남의 옷처럼 낯설게 느껴져도 모르는 체 내버려 두었고, 기쁨을 누려야 할 순간에도 지금이 언제 다시 사라질지에만 온 신경을 곤두세웠다. 불행에 있어서만큼은 감각이 한껏 민감해져 있으니 실제로 안 좋은 일이 닥치기라도 하면 더 강한 감정 반응과 함께 뇌리에 깊게 새겨졌다. 이렇게 한쪽으로 치우쳐진 감정적 기억들이 오랜 시간 굳어지면 불행에 익숙해지는 잘못된 사고회로가 고착화될 수도 있다. 그런 생각들은 쉽게 믿음이 되고, 믿음은 곧 사실이 되기도 한다.

신의 모습을 평범한 이웃집 가장에 비유해 인간사를 위트 있게 풀어낸 영화 〈이웃집에 신이 산다〉에는 머피의 법칙에 대한 재밌는 상상이 등장한다. 태초에 신이 세상을 창조할 때 몇 가지 '보편 짜증 유발의 법칙'을 같이 만들었는데, 예를 들면 이런 식이다.

> 2125조 : 빵은 잼을 바른 면이 꼭 바닥에 떨어진다. 혹은 잼을 바르고 보면 꼭 빵 겉면이다.
> 2129조 : 욕조에 들어가기만 하면 꼭 전화벨이 울린다.
> 2218조 : 마트에서 계산할 땐 항상 옆줄이 더 빠르다.
> 2231조 : 짜증나는 상황은 꼭 한꺼번에 닥친다.

우리가 '선택'했다고 굳게 믿고 있는 비관주의는 대부분 사실도 아닐뿐더러 자신의 의지로 생겨난 것도 아니다. 비관주의는 변화에 따를 좌절과 상처에 지레 겁먹고 약해진 마음에서 피어나는 두려움을 먹고 자라난다. 그러나 간혹 그 마음이 내게 현상 유지를 선택하게 만들더라도 너무 자책할 필요는 없다. 다시 힘을 내는 데는 저마다의 시간이 필요하니까.

넘어진 아이 앞에서 호들갑을 떨며 걱정하는 모습을 보이면 아이는 곧바로 울음을 터뜨리지만, 대수롭지 않게 넘기거나 웃어 주면 아이도 따라 웃는다. 그렇듯 우리가 불행한 일에 강하게 반응할수록 내 안에서 관념화되기 쉬워진다. 그 함정에 빠져 가짜 사고가 나를 휘두르지 않도록 조심해야 한다. 그리고 이따금 찾아오는 보드라운 행운의 순간들을 더 충분히 느껴 주기를.

05

인생에 계획대로 되는 게 어디 있어?

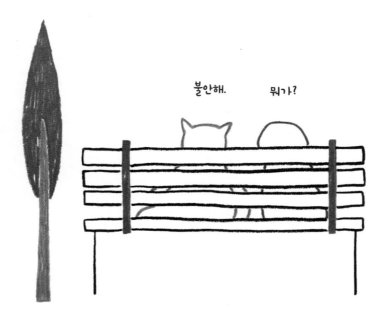

계획대로 되지
않을까 봐.

인생에
계획대로 되는 게
어디 있어.

때로는 답을 모르더라도

음식을 먹을 때 이상한 버릇이 몇 가지 있다. 프링글스 같은 감자칩 통을 열면 보통 위쪽에는 부서지지 않은 온전한 감자칩이 있고 아래쪽으로 갈수록 부서진 조각의 감자칩이 섞여 있다. 우선 그것들을 쟁반에 살살 쏟은 후에 온전한 감자칩과 온전하지 않은 감자칩을 분리한다. 그리고 온전한 감자칩은 다시 통 안으로 조심히 집어넣고 부서진 감자칩들을 먼저 주워 먹는데, 온전하지 못한 것들을 다 처리하고 나서 동그란 감자칩을 하나씩 집어 먹을 때 그렇게 기분이 좋을 수가 없다. 가장 좋아하는 과일인 포도를 먹을 때도 그 의식(?)을 진행하는데, 가지에 잘 달려 있는 포도 알맹이들을 살짝 들어 올려 떨어진 포도알들을 그러모은 후 좋아하는 접시에 담아 먼저 먹어 치우면 마음이 평온해진다. 물론 밖에서 사람들과 함께 음식을 먹을 때는 그런 행동을 할 수 없어서 은근한 피로감이 쌓이곤 한다.

또 다른 강박적 습관은 휴대폰 배터리가 100% 충전되어 있어야만 마음이 편안해지는 것인데, 오죽하면 약속 시간에 늦었는데도 숫자가 100이 될 때까지 못 나가기도 한다(약속 시간은 강박적으로 지키지 않는 것이 아이러니). 97%나 98%는 안 된다. 꼭 100%여야 한다. 또 위급 상황이 아니고서는 배터리가 저전력 모드로 전환될 때까지 놔두는 일도 별로 없어서 전화를 하다 "잠깐만, 미안. 나 지금 배터리가 3%라 꺼질 수도 있어!" 하는 사람들을 이해할 수가 없다. 친구여, 어째서 보조 배터리의 존재를 잊었나요.

이런 성향은 계획대로 일을 처리해야 할 때는 도움이 되기도 하지만, 알다시피 인생에서 대부분의 일들은 계획대로 되지 않는다. 특히나 인간관계에서 내가 온전히 통제할 수 없는 상황이 생기면 실체 없는 불안에 밤을 지새워야 했다. 타인의 감정과 반응이라는 변수에 아무리 철저히 대비한다 한들 계획에서 벗어나는 일이 생기기 마련이다. 그러나 자신이 가진 어떤 성향이든 그게 연쇄적으로 다른 일에 부정적 영향을 주지 않는다면 굳이 바꾸려 할 필요는 없다. 강박적 성향 역시 생활에 큰 불편이 없으면서 일종의 안정감을 느끼게 해 준다면 그냥 두어도 괜찮다. 하지만 내 경우엔 일이나 관계에 불편함을 일으키는 날이 잦아졌고, 조절을 위한 몇 가지 노력이 필요했다.

우선 평소 하던 강박적 습관들을 반대로 해 보기 시작했다. 음식을 먹을 때는 온전한 부분을 먼저 먹었다. 처음엔 약간 찝찝했지만 온전하지 못한 것을 먼저 처리하지 않고도 온전한 걸 누리는 기분이 나쁘지 않았다. 중요한 업무 연락을 해야 할 때를 빼고는 휴대폰 배터리가 저전력 모드가 되게 놔두기도 했다. 또 휴대폰 알림을 0.1초 내로 확인하는 버릇도 꽤 피로감을 주는 것 같아서 한동안은 잠금 화면에서도 알림이 보이지 않도록 대부분의 어플 알림을 꺼 외부 자극에 반응하는 예민도를 조절했다. 그러다 보니 배터리가 3%여도 심하게 불안해지지 않는 것이었다. 별것 아닌 것 같지만 이건 인지치료(우리의 '생각'을 변화시킴으로써 힘든 감정을 다스리는 것으로, 현재 대부분의 정신건강의학과 질환에서 가장 효과적인 비약물적 치료로 인정받고 있다)와도 같은 맥락이다. 한편 강박 성향이 있다 보니 다른 사람들보다 쉽게 피로감을 느껴 계획적인 성향을 역으로 이용해 애초에 휴식 시간을 일정에 끼워 넣기도 했다.

이런 식으로 일상생활에서 숨통을 틔우니 다른 일에서도 마음의 여유가 생겼고 나 자신과 세상을 대하는 시선이 너그러워지는 것을 느꼈다. 내가 시도했던 작은 행동 변화가 실제로 생각과 감정에까지 영향을 미친 것이다.

세상에 변하지 않는 게 있다면 '변하지 않는 게 없다는 사실' 뿐. 계획에서 하나 틀어진다고 나머지 인생이 다 망가지는 것도 아니다. 그러니 때로는 답을 모르는 채로 그냥 해 봐도 괜찮다.

06

우주 미아

잠들기 전 고요한 시간이 하루 중 가장 길다.

이불 위에 누워 하루를 되새김질하다 보면

별것 아닌 일들에

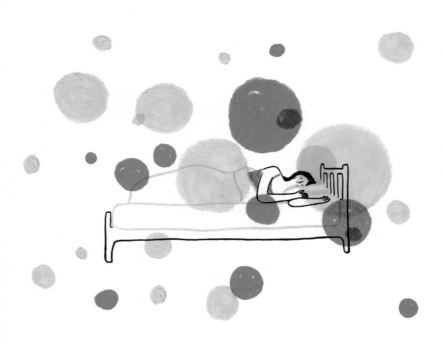

후회와 걱정으로 물들어

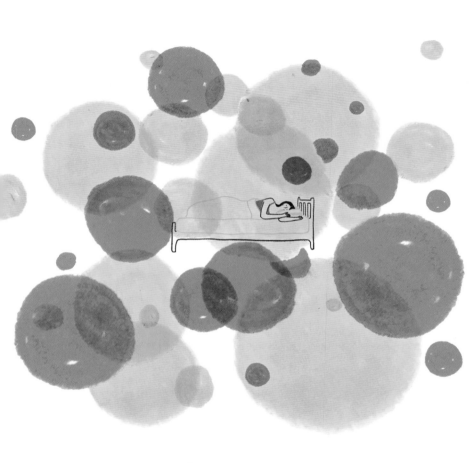

삼켜져 버린다.

어른이 되면
밤이 덜 무서워질 줄 알았는데

까만 밤 위에 홀로 누워 있자면
우주 미아가 된 것 같을 때가 있다.

살다 보면 그럴 수도 있지

인생을 좀 더 피곤하게 사는 나만의 노하우(?)를 하나 소개한다. 나는 새로운 사람이나 불편한 사람을 만나고 집에 돌아오면 그 상황을 머릿속으로 반복 재생하면서 대화 내용을 복기하는 습관이 있다. 또 완전히 편치 않은 사람들과 카카오 메신저로 대화한 날에도 자기 전 그날 한 대화를 처음부터 끝까지 여러 번 다시 읽으며 말실수한 것은 없었는지 찝찝했던 부분들을 되새김질한다. '내가 그 말을 왜 했을까', '그때는 그 말을 했어야 하는데!' 이렇게 수없는 후회거리를 애써 떠올리고는 미래에 대한 걱정으로 연결시키는 응용력까지 발휘한다. 다음에 또 같은 실수를 하면 어쩌지….

미드로 영어회화 공부를 할 때 등장인물의 제스처, 표정, 감정선을 따라 연기하며 대사를 외우면 더 효과적이라고 한다. 같은 맥락으로 보면 나는 불편한 상황을 기억에 남기는 학습법을 스스로 고안해 낸 격이다. 지나간 장면과 대화들을 당시의 감정과 함께 전두엽에 고이 저장하니 더 생생히 남을 수밖에. 더구나 이렇게 열심히 복습을 하니 절대 잊히지가 않는다. 학교 다닐 때 복습을 그렇게 했더라면….

불편한 기억을 오래 간직하고 싶지 않다면 오히려 그 반대로 해야 한다. 감정적인 상태일 때는 머리를 비우고 휴식을 취했다가 뇌가 이성을 되찾았을 때 다시 지나간 기억을 꺼내어 보는 것이다. 그렇게 하면 감정을 덧칠해 왜곡된 기억을 저장하거나 자칫 불안이 지나친 걱정으로 번질 위험을 덜 수 있다.

무엇보다 중요한 건 생각이 많은 나라도 그 자체로 이상한 게 아니라는 것을 아는 것이다. 인생을 좀 더 피곤하게 사는 나만의 비결이 무엇이든 그래도 괜찮다는 걸 스스로 알아주기만 한다면 다 별일도 아닌 게 된다.

07

나 혼자만 달라 보이고 싶지 않아

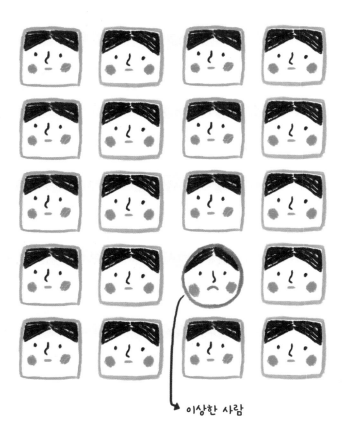

이상한 사람

평범한 사람

다 로그아웃해 줄래요?

SNS 속 소식들이나

스쳐 지나는
불쾌한 시선
하나에도

마른 낙엽같이
바스러질 것 같은 날이 있다.

어쩐지 마음이 작아지는
그런 날에는

혼자 있고 싶어요
다 로그아웃해 줄래요

완벽해야만 사랑받을 수 있는 걸까?

완벽주의 성향을 가진 사람이
가장 조심해야 할 것은

지금의 나는
온전하지 않으니

더 나아져야 한다는 마음에

이미 존재하는 가치마저
잃지는 말아야 한다는 것이다.

오늘도 그냥 존재할 수 있길

언젠가 모 심리 연구소에서 하는 강의를 듣고 왔는데, 그 내용을 오해해서인지 오히려 그대로 잘 해내지 못할 것 같다는 생각에 집으로 돌아와 속상해 한 적이 있다. 이불 속에서 한참을 울다가 강의자 분께 도움을 청하는 메시지를 보냈다. 앞으로 어떤 강의를 더 들어야 마음이 괜찮아질 수 있을지 물으니 이런 답변이 돌아왔다.

'자신이 온전하지 않으니 더 나아져야 한다는 그 마음을 확인하셨으면 좋겠어요. 그 마음인 채로는 어떤 지식도 자신을 찌르는 무기가 되어 버리니까요.'

그 뒤로 한동안 성격이나 심리적 문제들을 변화시키기 위한 노력을 멈췄고, 어떠한 조언이나 위로의 글도 찾아 읽지 않았다. 지나고 나니 그 시간들이 오히려 마음의 여유를 되찾게 해 주었던 것 같다.

완벽주의 성향을 가진 사람은 항상 불완전함에 집중하고 더 나아져야 한다고 생각하는 경향이 있다. 자신에게도, 타인에게도. 오해하지 말아야 할 게 그런 완벽주의 성향 자체가 문제가 있거나 나쁜 것은 아니다. 불완전함을 자각하고 더 나아지려는 것이 무엇이 문제겠는가. 다만 우리는 완벽함과 가치 있음을 구분할 줄 알아야 한다. 완벽해야만 인정받을 수 있고 사랑받아 마땅할 것이라는 믿음은 자칫 잘못하면 완벽해야만 인간의 권리를 말할 수 있다고 생각하게 만들기 때문이다. 가장 무서운 것은 완벽하지 않은 자신의 가치를 스스로 낮춰 부당한 일을 당하는 상황에서도 자신이 그런 대우를 받을 만하다고 여기게 되는 일이다. 그러니 행여라도 자신의 완벽하지 못한 점과 스스로의 가치를 연결 지어 생각하지는 말자. 완벽하지 못함과 인간으로서 누릴 권리는 아무런 상관이 없기 때문이다.

그동안엔 어떤 목표를 가지고 더 나아지려 할 때마다 내심 그것을 이룬 뒤에 얻을 인정이나 관심을 기대하는 마음이 있었다. 그런데 그 마음은 잘못된 마음이었을까? 자존감이 낮은 사람의 행동이었을까? 있는 그대로의 자기 가치를 인정하는 사람이 되려면 더 나아지려는 노력 자체를 하지 말아야 한다는 것인가? 그렇지 않다. 누구나 타인의 인정과 관심을 기대하고 노력의 동기로 삼을 수 있다. 이 역시 전혀 잘못된 게 아니다. 그러나 내가 하는 노력과 성취들이 내 존재 가치를 결정짓는 절대적인 요소라고 여기는 함정에 빠지지는 않아야 한다. 그렇게 되면 무언가를 깨우치려 노력할수록 오히려 자존감이 낮아지는 악순환이 이어질 수도 있다.

완벽주의적인 성향을 단기간에 바꾸어 버리기는 힘든 일이다. 이왕 완벽주의 성향이 있다면 완벽하지 않아도, 더 나아지지 않아도 자신의 존재 가치가 충분하다는 믿음을 안은 채로 완벽주의를 지향하는 것이 좋다. 그리고 편안한 마음으로 오늘도 그냥 존재할 수 있길.

10

애쓰지 않고도 잘하는 사람이 부럽다

별로 애쓰지 않고도 잘하는 사람이 부럽다.

이를테면 다이어트 따윈 신경 안 쓰는데 늘 날씬한 사람

와..
사진 발로 찍는 거였어?
대단해!

대충 하는데
뭘 해도 감각 있는 사람

와..
눈 감고 그리는데
세계명화..

그냥 재능 있는 사람

난 항상 애쓰고

다이어트 중

애쓰고

SNS용
설정 사진 찍는 중

애써 와서 그런지

아니야..
이게 아니야..!!!

왜 나만..
햄보칼 수가 없써..

뭘 하든 자연스럽게 잘하는 사람이
세상에서 제일 부럽다.

타고나지 못한 사람

타고나지 못한 게 많다는 생각에 마음이 애잔해질 때가 있다. 천재적인 재능을 타고나지 못했고, 모태 미인으로 태어나지도 못했다. 그렇다고 사랑스럽고 사교적인 성격을 타고난 것도 아니다. 어딜 가든 늘 내가 가지지 못한 점과 그걸 타고난 사람을 번갈아 쳐다보기만 하니 무슨 일을 해도 만족스럽지 않고 뭘 해도 안 될 것 같은 느낌이 반복됐다. 내 인생은 늘 2류, 3류에 머물다 끝나 버릴 것 같아 무서워졌다. 나도 어느 것 하나는 1등 한 번 해 보고 싶은데…. 혹여 잊어버리기라도 할까 봐 세상은 내가 그리 특별할 거 없는 사람이라는 걸 번번이 자각시켜 주곤 했다. 그럴 때마다 깊게 무너졌고 회복하는 데에 오랜 시간이 걸렸다.

하지만 우습게도 내가 가지지 못한 것에 슬퍼할 줄은 알면서 그걸 진정으로 받아들이지는 못했다. 아니, 실은 받아들이고 싶지 않았다. 나에게 부족한 점에 대한 조언 같은 진실 역시 알고 싶지 않았다. 나도 타고난 사람들처럼 잘하고 싶다는 오기만 품은 채로 오랜 시간 제자리를 맴돌며 지냈다. 그러다 내가 벌이는 일들에 조금씩이나마 만족이 되기 시작한 것은 어느 것도 충분히 타고나지 않았음을, 그럴 수도 있음을 마음 깊이 받아들이기 시작한 때부터였다.

인생이 좋아지기 시작하는 건 내 인생이 항상 좋아야 마땅하다는 생각을 버리는 데서부터 비롯된다. 진정한 받아들임 뒤의 노력은 애씀이 아닌 나를 사랑하는 과정이 되기 때문이다. 물론 처음에는 세상의 불공평함에 대해 화가 많이 난다. 아마 그 뒤로도 계속 화가 날 것이다. 하지만 이 과정을 반복하다 보면 어느 순간에는 진정으로 나를 받아들이고 억울함 없이 노력할 수 있는 날이 찾아온다. '내가 가진 것 내에서 최선을 다하라' 는 그 식상한 진리를 받아들이고 비로소 다음 단계로 나아갈 수 있게 되는 것이다. 쉽게 좋은 걸 얻으려는 마음을 버릴 수 있어야만 내가 타고난 좋은 것들이 눈에 보이기 시작한다.

진정한 나로 살아간다는 건 내가 되고 싶은 누군가로 태어나지 않았음을 어떠한 의문도 없이 받아들이는 것. 자연스럽지 않아도, 좀 애써야 하는 삶이라도 괜찮다. 거기엔 내 삶만의 예쁨이 있으니까.

인생 막살고 싶은데 용기가 나지 않을 때

가끔 인생 막살고 싶을 때가 있다.

1+1인 거 하나만 사기

괜찮습니다!
하나만 주세요!

고객님
원플러스원인데요.

1+1

← 좀 튀는 것 같아서
잘 안 쓰게 되는 모자

남 눈치 안 보고 코디하기

세수 안 하고 자기

나의

소

확

발

*소확발 : 소소하고 확실한 도발

소소하고 확실한 도발

팍팍한 현실에 치여 내일이 기대되지 않을 때면 뭔가 막살아 보고 싶어진다. 하지만 선뜻 용기가 나지 않는다면 소소하고 확실한 도발을 해보자. 화장실 휴지를 평소보다 몇 칸 더 뜯어 쓴다든지, 그저 사소한 의무를 무시해 보는 것만으로도 일상을 탈피한 기분을 느낄 수 있을 테니까. 당장 어디론가 멀리 떠날 수 없어 답답할 때는 여행자인 척 연기를 하며 동네를 돌아다녀 보는 것도 추천! 이상할 것 같지만 해 보면 매우 재밌다.

Why not?

인생에는, 딱히 해야 할 이유도 없지만 하지 말아야 할 이유가 있는 것도 아닌 쓸모없는 일들이 조금 더 필요하다. 그것들은 우리의 삶을 보다 다채롭고 즐겁게 만들어 준다. 남들의 시선을 조금만 덜 의식해도, 일상적 행동에서 살짝만 엇나가 봐도 훨씬 더 재미있는 오늘을 보낼 수 있지 않을까?

부정적인 감정이 소용돌이칠 때

위치에너지가
운동에너지로 변환될 때

아얏!

나무에서 사과가
떨어지듯이

부들부들

나를 망가뜨릴 거라 생각했던
그 무엇이라도

내일의 나를 위한
동력으로 사용할 수 있다.

으아~~~~~~~~~!!!!

흔들흔들

＊따라 하지 마세요

설사 그게
부정적 감정일지라도

화가 난다....!!!!

내게 필요한 방식으로
변환시키기만 하면 된다.

부정적 감정 역이용하기

안 좋은 것들이 한꺼번에 밀려오는 것 같을 때가 있다. 급기야 상황이 나를 힘들게 하는 건지, 내가 나를 힘들게 하는 건지 모르게 된다. 그럴 땐 오히려 안 좋은 상황이 주는 부정적 감정들을 문제 해결을 위한 동력으로 삼아 보자. 부정적 감정이 제때 해소되지 못하고 켜켜이 쌓이면 시간이 지나 우울이나 무기력으로 이어지기도 한다. 그러니 부정적 감정을 불러일으키는 상황이 생겼을 때 그 순간을 놓치지 않고 활용할 것.

결국은 같은 감정 에너지

부정적 감정을 느꼈다고 나쁜 사람이 되는 것은 아니다. 생각해 보면 과거의 긍정 에너지가 좌절되어 고통과 분노라는 형태로 변환된 것이니 결국 형태만 다르지 같은 양의 감정 에너지인 것. 그러니 그 감정을 다시 거꾸로 바꿔 활용할 수만 있다면 불편한 감정이 해소되는 것은 물론, 원하는 방향으로 나아가는 데에 도움이 될 수도 있을 것이다.

내 인생만 제자리걸음인 것 같을 때

으아..
그때 왜 그랬을까!!

1. 과거의 나와 비교하세요

동물확대범

2. 좋은 것만 확대 해석하세요

셀프 쓰담쓰담~

우쭈쭈 우쭈쭈~

3. 자책보단 남 탓이 낫습니다.

1. 과거의 나와 비교하세요.

아무리 노력해도 인생이 별로 달라지지 않는 것 같다면 과거의 나와 비교하세요. 먼저 눈을 감고 내 인생이 가장 바닥을 쳤을 때를 생각해 봅니다. 그리고 지금부터 과거의 나를 철저히 타자화하는 겁니다. 그 사람은 지금의 나와는 완전히 다른 사람인 거예요. 그 사람과 지금의 나를 비교해 보고 발톱의 때만큼이라도 더 나아진 게 있는지 찾아봅시다.

2. 좋은 것만 확대 해석하세요.

우리는 대개 안 좋은 일일수록 확대 해석하는 경향이 있습니다. 더구나 마음이 힘들 때는 잘한 일은 축소시키고 못한 것은 확대 해석할 가능성이 200%이지요. 생각은 감정의 영향을 받게 되므로 마음이 지쳤을 땐 더 부정적으로 생각하기 쉽습니다. 그러니 1번에서 찾은 나의 좋은 점들을 거침없이 확대 해석하시길 바랍니다. 자꾸 후회되는 일이나 실수가 떠오른다면 그건 아까 타자화한 그 사람 것이라고 생각하세요.

3. 자책보단 남 탓이 낫습니다.

남 탓을 하지 않는 태도가 미덕이라고 배워 왔지만 평소 자기검열을 많이 하고 죄책감을 쉬이 느끼는 성향의 사람들은 가끔씩 남 탓 좀 해도 됩니다. 별것 아닌 일은 남 탓으로 넘겨도 보고, 보고 싶은 것만 보기도 해 봅시다. 마음이 조금은 가벼워질 것입니다.

PART 02

어른이의
귀찮은 하루

11

어른이란 무엇인가 1

어른이란 무엇인가.

슬프고 힘든 날에도
일터에서 웃으며 할 일을 다 마친 후

나 왔어!

여기여기!

하루의 끝에 내 돈으로
맥주를 사서 마시는 것이다.

속상한 마음은 잔에 담아
목구멍 너머 삼키고

내일 걱정은 내일 하자며 호기롭게 웃어넘기는

스스로를 뿌듯해 하는 것이다.

이게 바로 어른이란 건가

늘어 가는 잔주름과 커져 가는 모공이 신체적으로는 한창 어른이 되었음을 분명하게 깨닫게 해 주고 있지만 영혼마저 어른이 되었다는 걸 느끼는 순간들은 따로 있다.

- 밤새 놀 수 있는 기회가 생겨도 적당히 마무리하고 일찍 잠자리에 들고 싶을 때.
- 짱구나 둘리의 마음이 공감되기보다는 짱구 엄마와 길동이 아저씨가 더 애잔하게 느껴질 때.
- 눈 오는 날이 더 이상 설레지 않을 때.
- 그날의 기분이 어떻든 포커페이스를 하고 그저 묵묵히 하루를 버텨 내는 나를 발견할 때.

한 살씩 더 먹고 그 숫자를 따라 삶이 복잡해질수록 단순한 게 좋아지고, 시끄러운 마음은 잔에 담아 기울이게 된다. 무슨 일이 생기든 낱낱이 털어놓곤 했던 친구들에게도 이젠 괜히 내 얼굴에 침 뱉는 것 아닐까 싶은 마음에, 혹은 안 좋은 일을 회상하는 데 기운 빼고 싶지 않아서 자세한 설명은 생략한다. 그냥 다 잊어버리고 잠이나 자고 싶은 것이다. 내일은 또 내일의 일을 해야 하니까.

그런 내 모습이 왠지 서글프면서도 '이게 바로 어른인 것인가!' 싶어 뿌듯한 마음이 몽글몽글 올라올 때가 있다. 실은 그조차도 어른스럽다는 칭찬을 받고 싶은 아이 같은 마음일지 모르지만, 아무렴 어떤가.

열심히 일한 어른이는 칭찬 스티커보다 멋진 '오늘 하루도 수고한 상'을 받을 자격이 있다. 내가 번 돈으로 나에게 사 주는 술상을!

12

어른이란 무엇인가 2

어른이란 무엇인가.

네? 뭐라고요?

결혼할 나이 되지 않았나?
지금 낳아도 노산인 거 알지?

싫은 사람이
머저리 같은
소리를 해댈 때

당신도 나랑 나이 똑같잖아.

하하하 농담이야. 농담~
왜 이렇게 예민해?

그의 머저리 같음을
낱낱이 알려주는
공을 들이는 대신

근데 혹시 흑채 바꾸셨어요?
머리숱 훨씬 많아 보이세요~

어머 제가 좀
눈치가 없었나 봐요~

하
하 하
하
하

눈치 없는 척 웃을 수 있는 것이다.

YOU WIN

13

오늘도 마음속으로는 울고 있지만

오늘도 모두가 웃고 있다.

다들 정말
괜찮은 걸까?

'괜찮지 않으면 괜찮지 않다고
말해도 되는 역'이 있으면 좋겠다.

거기엔 '괜찮지 않아도 괜찮다고
말해 주는 사람'이 있으면 좋겠다.

소셜 스마일

대체로 말하는 게 귀찮다. 표정 짓는 것도 귀찮다. 그래서 혼자 있을 때는 표정 변화가 거의 없는 편이지만 먹고살기 위해 사람들과 말을 해야 할 때는 상황에 맞는 적절한 표정을 지어 보이려 애쓴다. 일할 때도, 친구를 만날 때도, 심지어 가족들과 함께 있을 때에도 감정 노동이 끝나지 않는 기분이다.

어른은 서로가 각자의 문제로 힘들다는 걸 알기에 위로가 필요한 날에도 기댈 곳을 찾지 못하고 그대로 버티기만 한다. 괜찮지 않은 날에도 그렇게 내내 소셜 스마일(Social Smile)을 지어 보이면 마음속으로 울고 있는 걸 감출 수 있으니까.

남들은 다 잘 지내는 것 같은데 왜 나만 이렇게 힘들어 할까? 실은 웃고 있는 다른 사람들도 혹시 마음속으로 다른 표정을 짓고 있진 않을까? 나만 힘든 게 아니란 걸 안다고 해서 내가 괜찮아지는 건 아니지만, 이따금 아주 혼자는 아니라고 생각하는 게 위로가 되기도 한다.

괜찮지 않은 날에는 괜찮지 않다고 서로에게 말할 수 있었으면.
"괜찮지 않아도, 괜찮아."

14

솔직한 게 매력이라고요?

한때는 솔직함이 미덕인 줄로만 알고

자기 속내를 그대로 드러내지 않는 사람을
위선자라 생각했다.

나의 솔직함이 무례함이 될 수 있단 것도 모르고.

너 진~짜 솔직하다.

그래?
그게 내 매력이잖아!

우리는 하얀 거짓말과 위선을 잘 구분해야 한다.

가끔은 시시콜콜한 대화가 그리워

인생에서의 즐겁고 좋은 부분만을 얘기하는 사람을 보면 허풍이 심하고 정이 안 간다고 생각하던 때가 있었다. 그에 반해 서로의 치부나 힘든 이야기를 나눌 수 있어야만 진실한 관계라 여겼다. 그래서 친밀하다고 느끼는 사람일수록 힘든 일상이나 깊은 마음속 고뇌를 대화의 주요 소재로 삼았다. 내 나름대로는 그게 '나는 너를 이만큼이나 친밀하게 여기고 있어'라는 메시지였다.

힘든 하루 일과를 마치고 누군가의 지난한 고민 상담을 들어주던 어느 날, 반대 입장이 되어 보니 내가 친밀함을 나눈다고 생각했던 행위가 어떤 이에겐 스트레스가 될 수도 있었겠다는 걸 깨달았다. 더구나 비슷한 고민 상담이 며칠간 이어지자 처음에 품었던 측은지심은 온데간데없이 사라졌다. 사회에 나와 이리저리 치이며 하루치 고통의 양이 늘어갈수록 누군가의 하루 끝에 나의 고통을 하나 더 얹어 놓는 게 과연 진정한 친구

일까 하는 의문이 들기 시작했다. 평소에는 수박 겉 핥기 식의 얘기라고 느꼈던 시시콜콜한 대화가 점점 그리워졌다.

즐겁고 가벼운 이야기만 나누더라도 어떤 사람에게는 그게 자신의 마음을 활짝 열어젖힌 모습일 수도 있다. 세상에는 다양한 사람과 다양한 형태의 마음 나눔이 있으니까. 모두가 힘든 하루를 보낸 어느 날 누군가에게 우스갯소리를 건네며 함께 웃고 싶은 마음. 그런 마음의 연장선에 하얀 거짓말도 있지 않을까. 가끔은 하얀 거짓말이나 농담으로 대화 사이에 숨쉴 공간을 만들어 주는 것. 이건 가식적이거나 자신의 의사를 정확히 표현하지 못하는 것과는 또 다르다. 소중한 사람을 위한 배려이자 세련된 현대인의 표현의 기술이기도 한 것이다.

삶의 고통스러운 면면을 낱낱이 공유하지 않아도 농담 너머의 진심을 나눌 수 있는 대화라면, 그것으로 충분히 진실한 우리.

15

오늘도 남의 눈치만 봤습니다

소통의 부재는 눈치 보는 혼자를 만든다.

내가 어떻게 보여질지 신경 쓰느라

관계는 있는데 사람이 없다.

나로만 가득 찬 세상에서

타인은 그저 희미하니까.

진정한 소통의 부재

눈치는 많이 보는데 눈치가 없는 편이라 사람 대하는 게 힘들 때가 많다. 늘 눈치 보는데도 '눈치가 없다'는 소리를 듣게 되니 왠지 억울하다. 남 눈치를 많이 보는 사람은 그만큼 사회불안이 높을 가능성이 크다. 그렇게 되면 그 불안을 다루는 데 심리적 에너지를 사용하느라 타인이나 상황에 대해 관심을 갖고 파악하는 기능은 부족해질 수밖에 없다.

예컨대 대화를 할 때 실수할까 봐 긴장하고 상대에게 좋은 모습만 보이려는 무의식적 강박감 때문에 잘해 보려 할수록 오히려 대화가 더 힘들어지는 식이다.
'다른 사람들이 지금 나를 어떻게 보고 있을까? 이상하거나 못났다고 생각하면 어쩌지?'
머릿속이 온통 이런 불안으로 가득 차 있으니 정작 대화를 나누고 있는 상대방은 눈에 들어오지 않는 것이다. 그래서 맥락

에 안 맞는 엉뚱한 이야기를 하거나 뭐라고 대화를 이어 나가
야 할지 몰라 어색한 미소만 띠게 된다. 상대에 대해 관심을
가질 여력이 없으니 할 말도 떠오르지 않는 것이다.

이런 식의 눈치 보기는 상대가 아닌 나에게만 초점이 맞춰
져 있는 것이므로 상대방에게 진짜 필요한 배려도 아니며 진
정한 소통으로 이어지기 어렵다. 그러니 응당 관계는 잘 안될
수밖에. 결국 부정적인 예측이나 불안이 현실로 나타나 예감
이 맞았음을 확인시켜 주니 잘못된 믿음만 강화된다.
'역시 나 때문에 이 관계가 잘 안 되는 거야. 혼자가 낫겠어.'
관계에는 너와 내가 공존해야 하는데 이 경우에는 '내가 보는
상대방'도 없고 '내가 보는 나'도 없다. 오직 '상대방에게 어떻
게 보여질지 걱정하는 나'만이 존재하는 것이다. 하지만 그건
내가 무신경한 사람이라서가 아니라 불안이 높아 그만큼 나
자신을 돌보는 것만으로도 힘든 상태인 것뿐이다.

그러니 만약 대화할 때 긴장을 잘 하는 사람이라면 필요 이상
으로 상대에게 맞추려 하다가 거기에만 에너지를 소진해 버
리지 않도록 해야 한다. 타인을 배려하는 것과 무조건 맞추는
것은 다르다. 비록 교류하는 방식이 다르더라도 진정으로 상
대를 포용하고 있다면 진심은 항상 전해지기 마련이다.

뭘 잘했다고 울고 싶어라

울고 싶은데 눈물도 안 나고

가끔은 다 내려놓고 떠나고 싶은데
그것도 마음처럼은 안 돼서

마음속으로 울 때가 있다.

나는 진짜 어른이 된 걸까.

그만 좀 못나고 싶다

과거에 못난 행동을 했다고 해서
못난 사람이 되는 것은 아니다.

그리고 사람은 누구나 한 번쯤
못난 행동을 한다.

우리는 신이 아니니까.

못난 행동을 했다고
못난 사람이 되는 것은 아니다

　　　　　　　　　　　몇 해 전, 유명 팝 가수가 내한공연을 왔
을 때의 일이다. 예정대로 지켜지지 않은 입출국 시간과 진행
되지 않은 리허설 등이 무성의한 태도로 비쳐져 SNS상에서 상
당한 논란이 됐다. 기대가 컸던 국내 팬들은 공연이 끝난 뒤 그
의 개인 SNS 계정을 찾아가 비난과 항의의 댓글을 퍼부었다.
물론 그의 행동에 확실히 프로답지 못한 불찰이 있던 게 사실
이고, 주최 측에게도 분명한 책임이 있었다. 그런데 그 사태를
보며 한편으로는 이 사회가 유명인이 겸손하지 않은 것을 너
무도 못 견뎌 하는 것 같다는 생각도 들었다. 물론 권력을 남발
하는 갑질은 비난받아 마땅하다. 하지만 우리가 겸손이 미덕인
사회를 살고 있어서인지 몰라도 명성이나 권력을 가진 사람이
조금이라도 불친절하거나 거만한 태도를 보이면 지나치게 엄
격한 잣대로 검열, 비판을 하기도 한다.

어쩌면 그 가수가 그런 행동을 보인 게 특별히 인성에 문제

있는 사람이어서가 아니라 그냥 사람이란 게 원래 그렇게 되기 쉬운 존재는 아닐까. 우리는 처한 상황과 환경에 영향받기 쉽고 유약한 도덕성을 기본 값으로 가지고 있을지 모른다. 그렇기에 더 경계해야 한다. 내가 가진 좋은 것들이 내 시야를 가리지 않도록. 힘든 상황이 나의 태도를 합리화하거나 스스로를 함부로 대하지 않도록.

어른이 되기만 한다고 다 어른스러워지는 건 아닌 것 같다. 여전히 철이 없고, 자신과 타인에게 상처를 주고, 후회와 반성을 하면서도 같은 실수를 하기 여러 번. 그렇게 사는 동안 다양하게 못난 행동들을 한다. 하지만 그건 그저 우리가 사람이라는 방증일지 모른다. 그러니 후회되는 일이 있다면 자기 반성은 지나친 자책으로 번지기 전에 적절한 선에서 그만 끝내고, 그저 전보다 나은 인간이 되고자 노력하는 것으로 충분하다. 못나고 보잘것없던 나의 모습들과 현재의 나의 가치를 연결 지어 생각하지는 말자.

과거란 도망치려 할수록 뒤쫓아 오고, 붙잡으려 하면 이미 사라져 있는 것. 만약 과거가 현재를 잠식하려 한다면 이불 한 번 세게 걷어찬 뒤 눈을 감고 과거의 나를 만나러 가 보는 건 어떨까? 머릿속에 떠오르는 내 모습은 어린아이일 수도 소년, 소녀일 수도 혹은 바로 어제의 나일 수도 있다.

가서 말없이 꼬옥 안아 주자. 이 과정을 계속 반복해 보길 바란다. 내가 못난 사람이 아니라는 걸 가슴 깊이 받아들일 수 있을 때까지.

독립의 꿈

으이구
저 화상….

엄마!
왜 그렇게 말해?

나이를 지긋하게 먹고도
여전히 엄마랑 싸운다.

진짜 독립할 거야..
말리지 마러라..

그럴 때마다 독립을 꿈꾸지만

돈이 없다..

엄마한테 잘해야겠다..

왜 거절을 못하니

당신이 착한 아이 콤플렉스를 갖고 있거나

구마씨~
부탁 하나 해도 될까?

네네
제가 할게요!

고구마(23) / 고구마 답답이
거절을 잘 못함.

단호박(25) / 단호박임.

거절을 잘 못하는 사람이라면 이 두 가지를 꼭 기억하라.

내키지 않는 지나친 호의를 베풀지 말 것.

상대에게도 지나친 호의를 기대하지 않을 것.

아니요!
미안하지만 못합니다!

호박씨! 저도 부탁이
하나 있는데….

아.. 아직
말도 안 했어..

이것만 잘해도 관계 문제의 8할은 해결된다.

내가 얼마나 잘해 줬는데..
어떻게 나한테 이럴 수 있어..!!

20

오늘도 똥을 밟았습니다

살다 보면 이상하고 억울한 상황과 부딪히게 된다.

무슨 이유가 있어서가 아니라
그런 일은 그냥 일어난다.

내가 열심히 살지 않아서도
충분히 조심하지 않아서도 아니다.

상황은 내가 통제할 수 있는 영역이 아니다.

자존감 도둑주의보

오늘도 똥을 사뿐히 지르밟았다. 밥벌이를 하다 보면 이제 웬만한 이상한 사람은 다 만나 본 것 같다고 자신할 때쯤 새로운 '돌아이'가 나타난다. 세상에 얼마나 다양하게 이상한 사람이 존재할 수 있는지 너무 흥미롭기까지 하다. 온갖 이상한 사람들 중에서도 특히 '자존감 도둑(타인을 비하하고 은근히 눈치 보게 만들어 스스로 자존감을 해하게 만드는 사람을 이르는 말)'을 만났을 때를 조심해야 한다. 그들은 평소에는 숨죽이고 잠복해 있다가 마음의 힘이 약해진 사람을 보면 본능적으로 접근하는 특성이 있다.

일전에 만난 어떤 사람은 내가 힘들 때마다 늘 옆에서 위로가 되어 주었는데, 그러던 어느 날 내게 오랜만에 좋은 일이 생겼다. 그러자 그는 갑자기 내 공적을 평가절하하며 '너에게 생기기엔 너무 좋은 일인 듯하다'는 뉘앙스를 은근슬쩍 풍겼다. 그렇다. 그는 그동안 나의 불행과 자신의 현재를 비교하며 상대적 우월감으로 자기 존재를 확인해 왔던 것이다.

한편, 힘들 때만 나를 찾는 타입의 자존감 도둑도 있다. 물론 힘들 때 나를 찾아 주는 사람이 있다는 것은 참 고마운 일이다. 어쩌면 그만큼 내가 신뢰할 만한 사람이라는 거니까. 하지만 뭐든 '적당히'가 중요한 법. 때와 장소 없이 넋두리를 늘어놓으며 뱀파이어처럼 당신의 기를 쪽쪽 빨아먹고 나서는 매번 인사도 없이 사라지는 사람이 있다면 적당한 선에서 "스톱!"을 외쳐야 한다. 타인의 '감정 쓰레기통' 역할을 너무 오래 해 주다 보면 서로를 점점 당연시 여기게 되고, 고마움과 미안함을 느껴야 할 적정선을 잃어버리게 될 수도 있기 때문이다. 그렇게 당연하지 않은 일을 당연한 듯 계속 해 주다가는 자칫 나의 자존감에까지 영향을 미치게 된다.

그러나 우리가 아무리 조심하며 살아간다 해도 억울한 상황에 휘말리게 될 수가 있다. 그럴 때 상황과 나 사이의 인과관계를 만드는 식의 운명론적 사고에 빠지지 않도록 조심해야 한다. '왜 하필 나한테만 이런 일이?', '이번 달 별자리 운세가 안 좋더라니. 역시…', '이런 일이 생긴 게 다 나 때문인 거 아닐까?' 같은 생각은 하지 말아야 한다. 내가 얼마나 선량하게 살아왔는지와는 관계없이 어떤 일들은 그냥 일어나기도 한다. 그러니 어떤 상황에 부딪히더라도 우리는 그 상처에 무너지지 않을 권리가 있다.

이럴 때는 원인을 찾으려 하거나 상황을 바꾸려 하기보다는 내가 대처할 수 있는 행동들을 하는 게 낫다. 우선, 누군가 나의 자존감에 흠집을 내려 한다면 스펀지가 아닌 반사판이 되자. 그들의 말이나 행동을 스펀지처럼 흡수하지 않고, 반사판이 되어 그대로 비춰 주는 것이다. 눈에는 눈, 이에는 이 식으로 앙갚음을 하는 게 아니라 그저 상대가 도를 넘었다는 것을 알게만 하면 된다. 만약 그게 어렵다면 단순히 무대응으로 일관하고 멀어지는 것도 방법이다. 대응할 만한 충분한 에너지가 없을 때 스스로를 갈등 상황에 놓는 것은 나를 다치게 하는 행위일 수도 있다.

중요한 것은 그동안 상대방이 베푼 호의와 현재 내가 받고 있는 부정적 영향은 개별적 사건임을 분리해서 생각해야 한다는 것이다. 누군가 내게 호의나 희생을 제공했다고 해서 나에게 상처 줄 권리는 없으니까 말이다. 진정으로 나를 소중히 여기는 사람이라면 내가 나를 싫어하게 만들지 않을 것이다.

21

인간관계에도 유통기한이 있나요

내 잘못이 아닌 일로

누군가와 관계가 틀어져 속상할 땐

어.. 미안.. 나중에~

계란아 같이 노올~..

이렇게 생각하는 게 속 편하다.

그저 이 관계의 유통기한이 다한 것뿐이라고.

어쨌든 내 마음이 우선이니까

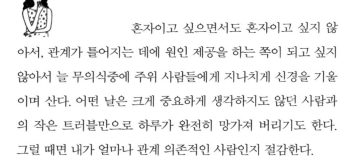혼자이고 싶으면서도 혼자이고 싶지 않아서, 관계가 틀어지는 데에 원인 제공을 하는 쪽이 되고 싶지 않아서 늘 무의식중에 주위 사람들에게 지나치게 신경을 기울이며 산다. 어떤 날은 크게 중요하게 생각하지도 않던 사람과의 작은 트러블만으로 하루가 완전히 망가져 버리기도 한다. 그럴 때면 내가 얼마나 관계 의존적인 사람인지 절감한다.

그동안에는 친구란 '모든 것을 공유하고 이해할 수 있는 존재'라고 못 박아 놓았던 탓에 줄곧 소수의 단짝만을 친구의 범주에 넣어 놓고 그들에게 지나치게 의존했다. 그러다 알 수 없는 이유로, 예상치 못한 순간에 관계가 틀어질 때가 있다. 어느 날 갑자기 무리에서 소외되는 것 같다거나, 친하게 지내던 사람에게서 왠지 모를 거리감이 느껴질 때. 이유를 모르기에 더 무력해진다. 내 쪽에서 먼저 관계 회복을 시도하자니 괜한 자존심에 억울한 마음이 들어 그냥 그렇게 내버려 두고 만다.

가끔은 어쩔 수 없는 일엔 어쩔 수 없다고 생각하는 게 나을 때도 있다. 하지만 어쩔 수 없었다고 쿨한 척하려 해도 역시 마음처럼 되지 않는 게 평범한 우리네 삶. 그래서 어떤 관계의 유통기한이 다했을 때, 우주 먼지가 되지 않기 위한 나만의 묘책을 강구해야 한다.

일 이야기를 공유할 수 있는 친구, 가족 문제나 연애 고민을 나눌 수 있는 친구, 힘들 때 기대고 싶은 친구, 기쁜 일이 있을 때 누구보다 같이 기뻐해 줄 친구 등. 사람마다 가장 편안한 관계의 영역은 따로 있다. 그러니 힘들 때 의존할 수 있는 장치를 여러 가지 만들고 한 사람에게 너무 기대지 말 것. 그게 꼭 사람이 아니어도 된다. 강아지와 산책을 하거나 수영하기, 맛있는 치킨을 먹거나 악기를 배우는 일 같은 것들도 또 다른 방법이 될 수 있다.

인간관계에 정답이란 없지만 그럼에도 굳게 믿고 있는 한 가지는 언제나 내 마음이 편한 게 제일이라는 것. 어쨌든 내 마음이 우선이니까.

22

지금 시작하기엔 너무 늦었다

지금 하는 시도가 어떤 결과로 이어질지는
아무도 모른다.

엄청 멋질 거야!
꼭 잘될 거야!

그래서 무조건적
긍정의 주문보다는

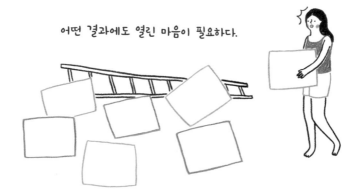

어떤 결과에도 열린 마음이 필요하다.

실망할 수도 있다는 걸 알면서도
희망을 품을 수 있는 게 진짜 용기니까.

내 생각대로
되지 않을 수도
있다는 걸 알아.

그래도 내일
다시 해 볼래!

마음에 한계 긋지 않기

'지금 시작하기에 너무 늦은 것 아닐까? 시도했다 잘 안되면 어떡하지?'

마음속을 어지럽히는 문장들이 두둥실 떠오를 때, 가끔은 뻔한 답이 듣고 싶기도 하다.

'괜찮아. 무언가를 시작하기에 늦은 때란 없어', '해 보지도 않고 포기할 거야?', '다 잘될 거야' 같은.

원하는 건 뭐든 꿈꿀 줄 알던 용감한 어린이였는데, 이젠 세상에는 최선을 다해도 안되는 것이 있다는 걸 아는 겁쟁이가 되어 꿈을 재고 따지기 바쁘다. 그래서 노력 후의 결과가 두려울 때면 흔히 둘 중 하나의 태도를 취한다. '난 정말 기대 하나도 안 해. 잘 안돼도 상관없어'라며 미리 희망을 거두어 버리거나, '다 잘될 거야!'라는 긍정의 주문을 외치거나. 실은 두 가지 태도 모두 예상에서 벗어난 결과에 상처받고 싶지 않은 합리화의 일면이다. 아마 그 너머에 있는 진짜 목소리는 '잘하고 싶은데 실망하게 될까 봐 너무 두려워'가 아닐까.

어쩌면 우리는 정답을 알고 있다. 지금 시작하기에 너무 늦었다는 것도, 열심히 해도 안 될 수 있다는 것도. 그런데, 그런데 말이다. 좀 늦는 거면 어떻고 좀 틀린 선택이면 또 어떤가? 우리가 원하는 건 차가운 정답도, 뻔한 위로의 말도 아닐지 모른다. 정말 필요한 건 어떤 결과를 마주하더라도 또 어떻게든 살아진다는 믿음이다.

마음이란 게 원래 마음대로 되는 건 아니지만, 두려움을 극복하기 위해서는 역설적으로 존재하는 두려움을 그대로 놔두어야만 한다. 실망할 것을 방어하면서 무언가를 시도하는 것과 두려운 마음을 받아들이며 도전하는 것은 질적으로 완전히 다른 결과를 불러온다. 전자는 두려움을 외면하는 데에 엄청난 심리적 에너지를 사용해야 하기 때문에 자신이 가진 역량을 최대치로 발휘하지 못할 수밖에 없다.

우리는 학교에서 기준과 틀에 맞추는 연습은 많이 해 봤지만, 부서져도 다시 일어서는 방법을 배울 기회는 별로 없었다. 빠르게 변화하는 세상에서 꼿꼿하기만 하다가는 언젠가 그대로 꺾여 버릴지 모른다. 어쩌면 잘 부서지더라도 부서진 조각들을 주워 안고 금방 일어날 수 있는 사람이 끝까지 버틸 수 있는 사람이 아닐까.

미지에는 불안만 있지 않다. 설렘, 호기심, 흥미로움 같은 가치들은 예측 가능함에서는 절대 얻을 수 없는 것들이다. 두려움을 안고 자신을 삶의 바다에 내던져 본 사람만이 파도를 즐길 수도 있는 법.

가장 두려운 건 세상이 아니라, 미리 한계를 그어 버리는 자기 자신일지 모른다.

23

자연의 섭리

나이 먹는 거랑 살찌는 건
왜 이렇게 쉬울까?

친구야, 그건 자연의 섭리를 거스르지 않는
행위이기 때문이란다.

텅장신세에 한숨만 나올 때

통장 잔고 실화냐..

가계부 정리 중

이왕 거지일 거라면 밝은 거지가 되기로 했다.

마카롱
왜 이렇게 비싸냐..

내가 얼마나 열심히 일하는데!
마카롱 하나 사 먹을 자격은 있지!

나를 위한 작은 소비에 죄책감을 덜 느끼고

그 순간만큼은
온전히 즐기기로.

후 힘들다..

마감 중

힘든 때일수록 긍정적이어야 한다는
진부한 얘길 하는 게 아니다.

마감 끝나면
뭐 먹을까?

맛있는 거 생각하면
기분 좋아지는 사람

우리에겐 조금이라도 자기 마음이 편한 쪽을
선택할 권리가 있다는 것이다.

이왕 거지일 거라면 밝은 거지가 되자

통장 잔고를 볼 때마다 자꾸 눈에서 땀이 난다면 생각의 전환을 시도해 보자. 열심히 모으기만 해도 거지일 거라면 밝은 거지라도 되어 보자고! 나는 늘 '애써 밝으려 하지 말아야 한다'고 강조하는 사람이지만 그 밝음이 단지 정신 승리가 아닌 진정으로 내 마음이 편한 데서 오는 것이라면, 항상 옳다. 우리에게는 언제나 내 마음이 향하는 쪽을 선택할 권리가 있으니까.

나만의 기준을 세울 것

오래 망설였던 여행, 배우고 싶던 취미, 지금이 아니면 안 될 것 같은 일에 과감하게 가치 있는 소비를 하자. 나만의 기준에 맞게 쓰고 모으는 연습을 하다 보면 여전히 '텅장'이어도 불안감은 오히려 줄어들 것이다. 그러다 보면 자연스레 마음이 편안해지면서 내가 처한 상황의 좋은 면들이 보이지 않을까? 돈이란 게 그냥 있을 때는 종잇조각일 뿐이지만, 내가 의미 있는 곳에 사용했을 때 나에게로 와 꽃이 될 것이니!

온 우주가 나를 싫어하는 것 같을 때

미움받을 용기를 낸다고 해서
미움받는 게 괜찮아지는 건 아니다.

누군가 날
미워하고 있을지 모른단 느낌은
너무나도 괴로운 것이어서

모두가 나를 좋아할 수 없고,
나도 모두를 좋아할 수 없단 사실을 알고 있다 한들

아무런 도움이 되지 않을 때가 있다.

그럴 땐 모든 생각을 멈추고

화기

애애

확실히 나를 사랑하는 사람들을 만나자.

나에게 맞는 대처법 찾기

마음이란 것의 속성은 명확하지도 고정적이지도 않아서 누구도 자신의 마음조차 정확히 알지 못한다. 그러니 타인의 생각을 넘겨짚는 것은 어디까지나 나만의 생각일 뿐. 그럼에도 불안한 마음이 들 때는 확실히 나를 지지해 주고 안정감을 충전해 줄 수 있는 사람들과 시간을 보내자. 혹은 혼자 있는 게 도움이 되는 사람도 있을 것이다. 다양한 시도를 해 보고 나에게 맞는 대처법을 체화해 나가자. 중요한 것은 상대방의 태도에 매번 의미부여하기보다는 타인이 나를 좋아하고 존중해 주는 것이 디폴트 상태라는 믿음을 가지는 것이다.

진짜 미움받을 용기란

세상에 미움받는 게 괜찮은 사람은 아무도 없다. 내가 상대에게 열어 보인 만큼 돌려받고 싶은 게 자연스러운 마음의 움직임이니까. 그러니 미움받는 것에 쿨하지 못하더라도 너무 걱정하지는 말자. 진짜 미움받을 용기란 애써 괜찮은 척하는 것이 아니라 날 사랑하는 사람도 날 미워하는 사람도 동시에 존재함을 그대로 받아들이는 것이다.

출퇴근길 지옥철에서 영혼 가출할 때

눈을 감고 흘러나오는 음악에 집중한다.

클럽이라고 상상한다.

내적댄스를 춘다.

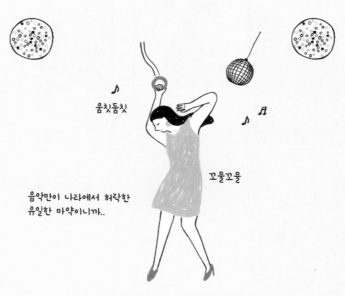

♪ 움칫둠칫

♫

꼬물꼬물

음악만이 나라에서 허락한
유일한 마약이니까..

이곳엔 비트와 나, 그리고 손잡이뿐.

이번 종착역은 강남, 강남역입니다.
내리실 문은….

종착지에서 아무렇지 않은 척 내린다.

상상은 공짜!

어떤 지옥철에서도 즐겁게 살아남는 나만의 방법을 찾아냈으니 그건 바로 '관찰'과 '상상'. 중년 아주머니들의 스몰 토크(낯선 사람끼리 어색한 분위기를 깨기 위해 가벼운 잡담을 나누는 것)를 몰래 엿듣거나(대부분 큰 소리로 말씀하시기 때문에 아주 엿듣는 것이라고 하기는 뭐하다), 먼 미래에 유명해져서 인터뷰를 하는 상상을 하며 그때 할 말을 미리 생각해 놓는다. 즐거운 상상은 언제 어디서든 눈만 감으면 공짜로 얻을 수 있으니 이 얼마나 좋은가.

나만의 즐거움 착즙기

쉬운 게 하나 없는 하루하루, 절대 즐거울 리 없는 상황 속에서도 착즙기로 레몬을 짜듯 즐거움을 짜내 보기! 차가운 도시에서 보낸 긴 하루 끝에 영혼을 상큼하게 적셔 줄 나만의 즐거움 착즙기는 무엇일까?

PART 03

오늘도 내일도
집에만 있고 싶다

24

모든 게 귀찮을 때가 있다

다 재미가 없다.

맛있는 음식을 먹어도

재밌는 영화를 봐도

SNS 속 나는 참 즐거워 보이는데

사실은 정말 무료해..

아주 오래된 무기력증

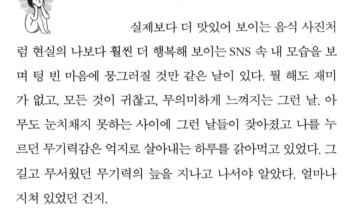

실제보다 더 맛있어 보이는 음식 사진처럼 현실의 나보다 훨씬 더 행복해 보이는 SNS 속 내 모습을 보며 텅 빈 마음에 뭉그러질 것만 같은 날이 있다. 뭘 해도 재미가 없고, 모든 것이 귀찮고, 무의미하게 느껴지는 그런 날. 아무도 눈치채지 못하는 사이에 그런 날들이 잦아졌고 나를 누르던 무기력감은 억지로 살아내는 하루를 갉아먹고 있었다. 그 길고 무서웠던 무기력의 늪을 지나고 나서야 알았다. 얼마나 지쳐 있었던 건지.

현대인들에게 얕은 우울감이나 무기력감은 감기처럼 흔하다고들 한다. 보통의 어른이 되는 것조차 버겁고, 먹고살기 팍팍해 무기력해지기 쉬운 사회를 살아가고 있으니까. 그저 상황 때문일 거라고 대수롭지 않게 지나쳐 버리기 일쑤다. 게다가 무기력증은 우울증처럼 눈에 띄게 사회적 기능이 떨어지거나 심각한 문제 행동을 보이지 않는 경우가 많아 주위에선 이를 단순히 '의지박약'이나 '노력 부족'으로 치부하기도 한다. 물론 사람에 따라 어느 정도 시간이 지나면 감기처럼 자연스럽게 회복되기도 하지만 무기력한 채로 너무 오랜 시간 자신을 방치하다 보면 그 모습이 실제로 내 일부가 되어 버릴 수도 있다. 가장 무서운 것은 그런 자신을 스스로 낙인찍는 것이다. '나는 원래 게으른 사람, 원래 의지가 부족한 사람'이라고.

세상에 원래 그런 사람은 없다. 다 저마다의 사연과 이유가 있기 마련이다. 그리고 그 이유를 가장 잘 알고 다독여 줄 수 있는 사람은 나 자신뿐이다.

25

우울증 극복 방법의 모순

우울해서
운동할 기운이 없음

우울해서
책 읽을 의욕이 없음

우울해서 밖에 나갈
기운이 없음

안 될 거야..
난 안 될 거야..

극복할 수 있을까?

일전에 오른손을 다쳐 2주 정도 깁스를 하고 다닌 일이 있었다. 처음에는 불편해서 어쩌나 엄청 걱정했는데 고작 반나절쯤 지나니 불편함에 익숙해지더라. 그 사이에 통증이 금방 나아진 것도 아닌데 말이다. 몸이 아플 때마다 우리가 얼마나 고통에 쉽게 익숙해지는지에 놀라게 된다. 다나은 뒤엔 아팠던 감각을 얼마나 쉽게 잊어버리는지도. 우리는 처한 상황과 환경에 곧잘 적응하고 익숙해진다.

몸의 고통이 그렇듯 마음의 아픔에도 익숙해지기가 쉬워서 아픈 마음이 계속되면 원래의 내가 어떤 마음으로 살아왔는지조차 잊어버리게 된다. 아픈 마음이 디폴트인 상태가 되는 것이다. 우울감 극복을 위해 기본적인 생활 루틴을 잘 지키는 게 중요하다는 것을 머리로는 알아도 막상 우울감을 겪는 동안은 그게 결코 쉽지 않다. 우울해서 규칙적인 일상의 틀을 유지하기 어려운 건데 증상을 그냥 극복하라는 게 치료 방법이라니. 이런 아이러니 때문에 오히려 스스로의 의지로 극복하지 못했다는 자책감에 빠지는 일이 허다하다.

감정과 생각은 우리의 신체와 연결돼 있어 우울감이 실제로 신체에도 영향을 준다. 그래서 우울감이나 무기력감을 오래 겪다 보면 간단해 보이는 일도 실천하기 어려워진다. 그런데 우리는 몸이 아프면 병원을 찾아가 전문가의 도움을 받아야 한다는 데에는 한 치의 의심도 품지 않으면서 마음이 아프면 의지나 정신력으로 이겨 내야 한다고 잘못 생각하고 있다. 마음이 아플 때에도 누군가에게 꼭 도움을 요청해야 한다. 최대한 주변의 도움을 받으며 우울감의 원인이 되고 있는 현실적인 문제들을 하나씩 해결해 나가는 것이 중요하다.

시작은 거창하고 막연한 목표보다는 구체적이되 아주 쉬워서 확실히 실천 가능한 것이 좋다. '일주일에 하루, 한 페이지 독서하기', '일주일에 3일, 하루에 5분간 산책하기' 같은 것들.

작더라도 반복된 성취감을 쌓을 수 있어야만 스스로에 대한 신뢰를 회복할 수 있다. 단번에 해내기 어렵더라도 자신의 속도를 유지하길 바란다. 그리고 잠자리에 누우면 사랑하는 나를 위해 최선을 다한 자신을 꼭 칭찬해 줄 것.

메신저 친구 목록을 뒤적이는 밤

친구 목록을 끝까지 내려 봐도

힘든 얘길 할 수 있는
사람은 없고

그렇다고
SNS에 올리기엔

너무 구질구질한 기분

'오늘 많이 힘들었구나.'
그 한마디가 듣고 싶은 그런 날.

함께 있을 때도 혼자인 것 같아

밖에서 사람들을 만나고

집으로 돌아오는 길이면

왜 이렇게
갑자기 외로워지는지

기분이 처지는 건지 모르겠다.

집에 오면 지쳐서

아무 말도 하고 싶지
않아진다.

오늘도 약속 취소

외로움에 압도될수록 더욱 사람을 만날 수가 없었다. 누군가를 만나 웃고 떠들다 집에 돌아가는 길에 더 커지는 외로움을 느끼고 싶지 않았고, 함께 있으면서도 혼자만 둥둥 떠 있는 기분을 견딜 수 없어서 그렇게 더 외로워져 갔다. 자주 사람들과의 약속을 취소했고 숨어 버렸다. 나에겐 상대적 외로움이 절대적 외로움보다 훨씬 더 무서웠기에.

누구도 나와 모든 시간을 공유할 수는 없다. 카드 돌려 막기 하듯 사람으로 외로움을 돌려 막는다면 오히려 외로움만 더 불러일으키는 격이 되고 만다. 그럼에도 불구하고 우리는 끊임없이 함께해 줄 누군가를 원하고 또 찾는다. 함께이고 싶어서가 아니라 혼자일 수 없어서.

하지만 외로움은 누군가 옆에 있다고 해서 사라지지 않는다. 찾지 않아도 될 때에야 비로소 누군가를 옆에 둘 수 있는 사람이 되고 외로움을 조금은 견딜 수 있게 된다.

그때까지는 외로움을 마주하고 나와 잘 노는 방법을 터득하는 수밖에.

28

이렇게 살아도 괜찮을까

끊임없이 불안해하면서도

아무것도 안 하고 있다.

이렇게 살아도 될까

정말 괜찮을까

173

아무것도 안 하고 싶다

몸은 아무것도 안 하고 있으면서 할 일을 미뤄 놓은 부채감과 끊임없는 불안에 시달릴 때가 있다. 어떤 원인에 의해 생긴 불안감은 시간이 지날수록 고착돼서 원인이 사라져도 계속 불안한 상태로 자신을 몰아넣게 된다. 불안에 중독되는 것이다. 불안중독이나 그에 따르는 무기력은 대개 완벽주의 성향을 가진 사람들에게서 나타나기 쉽다. 완벽하게 하려면 그만큼 에너지가 소비되기 때문에 쉴 때는 푹 쉬어야 하는데 그때도 불안해하며 쉬니 당연히 불안감은 계속된다. 잘하고 싶어 시작된 불안인데 모순적으로 아무것도 하지 못하게 되어 버리는 것이다.

그럴 때 하기 쉬운 행동 중 하나이자 절대악이 'SNS에서 열심히 잘 사는 다른 사람들을 굳이 찾아보는 것'이다. 그러다 보면 불안에 부정적인 생각이 더해지고, 꼬리에 꼬리를 문 생각은 방문을 지나 산 넘고 강 건너 대서양 어딘가를 표류하게 된다.

'난 인생 처음 살아 봐서 너무 어설픈데 다들 어떻게 저렇게 잘 살까?'
'다른 사람들은 다 열심히 사는데…. 나도 열심히 살고 싶은데 의욕이 안 나.'

그럴 때 불안중독에서 벗어나기 위해서는 되든 안 되든 할 일을 시작하는 게 유일한 해결책이지만, 만약 도저히 그러기 어렵다면 잠시 산책을 하며 머리를 비워 보는 것도 좋다. 불안할 때 떠오르는 생각들은 대체로 부정적일 확률이 높아서 차라리 생각을 멈추고 쉴 수 있는 무언가라도 하는 게 낫기 때문이다.

29

조금 더 시간이 필요한 사람

당신이 나를 사랑해서 그런다는 걸 알아요

가운데서 똑바로 비 맞아야지!
아까운 비 다 흘리면 어떡하니!

내가 잘되길 바라서 그런다는 걸 알아요

그래도 가끔은 모른 척 눈감아 주세요
가끔은 그저 기다려 주세요

나는

다른 사람보다

조금 더

179

시간이 필요한 사람일 수도 있거든요

통제할 수 없는 상황에 지칠 때

통제할 수 없는 상황에 괴로울 땐

거기에서 벗어나려고
애쓰기보다는

지금 내가 할 수 있는 일에
마음을 돌리는 게 낫다.

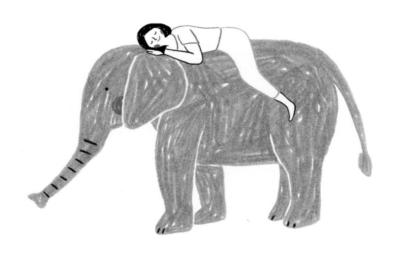

그렇게 현실에 무너지지 않고
기대어 살아가는 방법을 배워 나가면 된다.

한 템포 쉬고 **다시 즐겁게**

통제할 수 없는 상황 때문에 무기력감이 왔을 때는 뭐든 더 자극적인 것을 찾게 된다. 영화를 보더라도 스릴러나 재난영화를 찾아보고, 매운 음식에 캡사이신 소스를 뿌려 더 맵게 해서 먹거나 술을 마신다. 나를 편안하게 해 주는 사람과 함께하기보다는 나를 더 힘들게 하는 사람에게 매몰되기도 한다. 그럴 때는 무엇에도 집중하기가 어렵고 좋아하는 음악을 듣거나 가만히 책을 읽는 시간 같은 일상의 잔잔한 기쁨이 현저히 줄어든다. 그래서 한동안 무기력감이 머물다 걷혀 갈 때쯤에는 단순히 샤워를 하는 정도의 신체 감각조차 낯설게 느껴질 때가 있다.

무기력감을 오래 느끼면 몸과 마음이 지쳐서 일상생활을 하는 정도의 주변 자극만으로도 피로와 스트레스가 증가한다. 그렇게 되면 감정이나 감각을 느끼는 데에 쓸 에너지가 줄어드니 기쁨이나 행복의 감각 또한 무뎌지게 된다. 그럴 때 우리는 자극적인 영화나 음식을 찾게 되는 것과 같은 이치로 혼란스러운 일에 마음을 더 쏟게 되기도 쉽다. 심리적 고통 같은 통각이라야 그게 감각이라 느껴질 만하니까 슬프게도 스스로의 마음을 더 아프게 만들어 버린다. 우리를 힘들게 하는 상황들은 대체로 부정적이거나 자극이 강한 일들이다. 그 때문에 무기력할수록 원인이 되는 바로 그 상황에 자꾸 몰입하게 된다. 아이러니한 점은 거기에서 벗어나려는 노력조차 부정적인 에너지를 재생산해 내는 격이 되어 애쓸수록 더 무기력해지는 악순환에 빠지게 된다는 것.

《코끼리는 생각하지 마》의 저자인 언어학자 조지 레이코프는 대학에서 인지과학개론 강의를 할 때 학생들에게 '코끼리를 생각하지 않는 것'을 과제로 냈다. 하지만 그 과제에 성공한 학생은 한 명도 보지 못했다고 한다. 우리의 뇌는 어떤 단어를 들으면 자동으로 그에 상응하는 프레임을 활성화하게 된다. 심지어 그 단어를 부정하는 프레임이라도 말이다.

아이들에게 어떤 행동을 제한시키고 싶다면 무조건 참게 하는 것보다 다른 더 흥미로운 것으로 관심을 전환시키는 게 훨씬 쉽다. 어른도 크게 다를 게 없다. 할 일이 있어서 인터넷

검색창을 켰는데 의식의 흐름대로 이것저것 흥미로운 것들을 클릭하다가 본래 하려던 일을 까맣게 잊어버린 적이 있는가. 이것을 한번 역이용해 보자. 스스로 통제할 수 없는 상황에 괴로울 때는 그 상황에서 벗어나는 것에 집중할 것이 아니라 현재 내가 할 수 있고 하고 싶은 즐거운 일에 에너지를 돌려 보는 것이다.

이렇게 긍정적 경험을 통해 무뎌진 감각을 먼저 깨우고 나면 마음의 에너지 수준을 서서히 높일 수 있고 그 힘으로 문제 상황을 해결해 나갈 수 있게 된다. 코끼리가 자꾸 떠올라 힘들다면 한 템포 쉬고 코끼리와 재밌게 놀 수 있는 방법을 찾아보는 게 어떨까.

31

사람만 만나면 기 빨려

활발한 친구 → 같이 업된 상태로 호응해 주게 됨
→ 웃느라 기 빨림

차분한 친구 ➡ 왠지 조용한 분위기를 견디기 힘들어서
평소보다 오버함 ➡ 오버하다 기 빨림

1:1로 만날 때 ➔ 내가 말할 차례가 계속 돌아오니
말을 많이 함 ➔ 말하느라 기 빨림

여럿이 만날 때 ➡ 어느 타이밍에서 대화에 끼어야 할지
계속 생각함 ➡ 눈치 보다 기 빨림

좀 어려운 사람 만날 때 ➔ 실수할까 봐
무의식적 자기 검열함 ➔ 어려워서 기 빨림

우울.. 우울..

편한 친구 만날 때 → 편한 사이에만 할 수 있는
극도의 우울한 대화를 함 → 우울해서 기 빨림

집순력 만렙입니다

집순이, 집돌이들은
일단 집을 나서는 바로 그 순간부터

 집순이 게이지가
고갈되기 시작하는데

*집순이 게이지란?
집에 있는 시간을 확보할 때 유지되는 수치로 외부 활동을 한 만큼 다시 집에서 휴식해 주면 충전되고 그렇지 못하면 급격히 고갈됨.

체내 매운 거 농도나

단 거 농도가 떨어졌을 때도 비슷한 현상이 일어남.

'흠.. 이번 달에 사회적 활동 너무 많이 했네.'

체내 집순이 농도가
떨어지면

울트라 집순이 시절.
한 달에 약속 두 번도 버거움.

세상행복

꼭 그만큼 집에서
충전을 해 줘야만 한다.

노트북 뉘어 놓고 미드 보기

진정한 집순이라면
방 밖으로 한 발짝도 안 나가고도
잡생각만으로 알찬 하루를 보낼 수 있는 것이다.

이불 밖은 위험해

한때는 혼자 놀기의 달인이던 시기가 있었는데 그즈음에는 혼자 카페에 가는 것은 물론, 혼자 영화를 보고, 혼자 술을 마시고, 혼자 쇼핑을 하고, 혼자 밥을 먹고, 일마저 혼자 했다. 그런 생활 중에 유일하게 불편했던 건 불판에 구워 먹는 류의 '2인 이상 주문 가능' 메뉴를 파는 음식점에 혼자 갈 용기까지는 안 난다는 것뿐이었다.

그렇다고 그 시기의 내게 대인관계 욕구가 없었던 것은 또 아니다. 그렇게 하루를 보내고 집에 돌아와서는 SNS 속에서 사람들이 삼삼오오 모여 웃고 떠드는 사진들을 뒤적거리며 등 그렇게 움츠러들곤 했다. 나는 인간 세상에 잘 어울리지 못하는 어딘가 문제 있는 사람인가 싶었다.

하지만 막상 사람을 만나 이것저것 하다 보면 즐거움 대비 정신적인 소모가 더 크게 느껴졌다. 정말 편하고 좋아하는 친구들과 있을 때조차도 그 자리를 즐기기보단 뭔가 애써야 하는 느낌이었다. 그래서 '역시 혼자가 편하지' 하며 누가 부르기 전엔 잘 나가지도 않고, 먼저 연락해서 약속을 잡는 일도 없이 대부분의 일들을 혼자 했다. 심지어 통화마저 잘 하지 않고 문자나 메신저를 주로 이용하다 보니 어느 날 밤엔 문득 '아, 오늘 사람하고 말을 한마디도 안 했구나' 하기도 했다. 이렇게 말하면 왠지 안쓰러운 장면이 연상될 만도 한데 내겐 그런 생활이 별스러울 것 없이 꽤나 만족스러웠다.

집순이, 집돌이들은 주로 집에서 휴식을 취할 때 심리적 에너지가 충전되고 반대로 바깥순이, 바깥돌이들은 외부 활동을 통해 에너지를 얻는다. 그래서 개인의 성향에 따라 휴식에 대한 개념도 서로 다르다. 내향성이 강한 사람이 정서적으로 소진돼 있는 상태라면 친구와의 약속도 휴식이 아닌 하나의 '처리해야 할 일'로 느껴지기도 한다. 물론, 노는 것이 싫은 것은 아니지만 타인 앞에서 사회화된 모드의 나를 사용하는 데에 적잖은 에너지가 쓰이기 때문이다.

"그렇게 집에만 있으면 심심하지 않아?"
"주말인데 집에서 하루 종일 뭐 해?"

이런 질문을 받으면 집순이, 집돌이들은 무척 당황스럽다. 어리석은 중생이여, 집에만 있으면서도 하루를 얼마나 다채롭고 흥겹게 보낼 수 있는지 진정 모른단 말인가!

서로 다른 성향을 너른 마음으로 이해해 줄 수 있다면 가장 좋겠지만, 설령 모두가 나를 이해하지 못하더라도 내가 이상한 사람인 것은 아니니 걱정하지 말자. 내 마음을 잘 보살피려면 내가 가장 편안한 방식대로 에너지를 충전하면 된다. 나에게 가장 자연스러운 모습으로 지낼 때 나 자신도, 내가 아끼는 사람들도 잘 살필 수 있다. 그들에게 내 상황과 마음을 미리 알리고 양해를 구하기만 한다면, 진짜 내 사람들은 그 시기를 충분히 기다려 줄 것이다.

33

노오력이 밥 먹여 주나요?

어! 포도다!

노력은 충분했다는 걸 알게 됐을 때가 가장 힘들다.

아무리 노력해도 다다를 수 없는

이제 닿을 수 있겠지..

한계가 있다는 것을
받아들여야 한다는 게

으으.. 왜 안 되는 거야..!!

관둬.. 포기하면 편해..

더 이상의 노력도 도전도 할 수 없게 만들어 버린다.

하지만 어느 날 돌아보면 그 노력들은 고스란히 남아

다음 단계로 나아갈 힘을 주기도 한다.

포기하면 편해

더 이상은 노력할 수 없을 것 같은데 현실과 이상의 간격은 여전히 멀 뿐이고, 한없이 무기력해져서 몸과 마음이 말 그대로 일시정지 상태가 되어 버리는 날이 있다. 사람이 지치는 건 물리적으로 힘들 때가 아니라 노력해도 아무 소용없을 거라 느껴질 때다. 더 노력하지 않으면 아무 일도 생기지 않을 테고, 내 한계를 직면하지 않아도 될 테니까.

계속된 과로로 몸이 성한 데가 없어져 이 병원 저 병원을 찾을 때마다 같은 답변이 돌아왔다.
"신경성이니까 스트레스 받지 마시고요. 푹 쉬세요."
쉴 수 있으면 애초에 병원에 왜 왔겠냐고 속으로 구시렁대고 있을 때 의사는 내 속을 꿰뚫기라도 한 듯 한마디 덧붙였다.

"걷다가 다리가 아프면 어떻게 해야 되죠?"
"쉬어야죠."

"그렇죠. 쉬었다 다시 걸어야죠. 물론 신발을 좀 편한 걸로 갈아 신고 계속 걸을 수도 있겠죠. 하지만 다리에는 계속 무리가 가고 있는 거예요. 그런데, 결국 뭐 때문에 그렇게까지 하는 거죠?"

순간 머리가 멍해졌다. 결국 다 행복하게 살자고 하는 일인데 난 무엇 때문에 이렇게까지 하고 있었을까? 주객이 한참 전도 되어 있었다. 여기서 멈추면 스스로에게, 세상에게 지는 것이 라는 생각에 몸과 마음을 혹사시켜 왔던 걸까.

이 사회는 자신의 한계를 극복하는 것을 대단한 미덕으로 삼 는 것 같다. 그런데 한계라는 게 꼭 극복해야만 하는 걸까? 그 렇다면 무엇이 진정한 극복일까? 눈에 보이는 그럴듯한 결과 가 나타나면? 계속 좌절해도 지치지 않고 다시 도전하면? 어 쩌면 한계에 다다랐다는 생각에 진이 다 빠졌을 때는 쉬어 갈 줄도 아는 게 진짜 미덕이 아닐까. 좌절감을 다루는 방법을 배우는 것. 그게 인생에서 중요한 가치들 중 하나일지 모른다.

우리를 지치게 만드는 '충분한 노력들'은 그냥 사라져 버리지 않는다. 언젠가 반드시 다른 형태의 통찰이 되어 우리를 도울 것이다. 그러니 이미 노력이 충분했다면 이번엔 그냥 힘을 좀 빼고 한 템포 쉬어 가는 건 어떨까.

오지도 않은 미래 걱정에 잠 못 이룰 때

미래가 불안해서 잠이 안 온다.

늦게 자고 늦게 일어난다.

피곤하니 오늘 할 일은 내일로 미룬다.

미래가 더 불안해진다.

무한반복..

셀프 상담

유달리 잠이 안 오는 날엔 왜 잠이 안 오는지 생각해 보는 것만으로 편안해지기도 한다. 내담자의 힘든 마음을 알아주고 들어주는 상담사의 역할을 스스로 해 보는 일종의 '셀프 상담'을 통해 마음을 다독이자.

문제 객관화하기

'지금 내가 무엇 때문에 심란하구나', '이런 고민을 하고 있구나' 생각해 보고 글로 적어 객관화해 보자. 미래가 불안하다는 건 그만큼 잘하고 싶은 마음이 있다는 의미이기도 하다. 그러니 불안함 자체를 너무 걱정하거나 없애려 하기보다는 일단 불안감의 존재를 인정하고 알아줄 것.

새벽을 주의할 것

새벽에는 더욱이 감성적 사고를 하게 되기 쉬우므로 불안감이 지나친 비현실적 걱정으로 확장되기 전에 적절히 끊어내는 것이 중요하다.

자신감이 바닥을 칠 때

우리 집 전자체중계는 바닥 수평 상태에 따라
미세하게 숫자가 달라서

늘 이곳저곳 옮겨 다니며 재곤 한다.

평소보다 몸무게가
높게 나왔다 싶으면

일단 놀란 가슴을 진정시킨 뒤

조금이라도 체중이
덜 나오는 곳을 찾아다니다

가장 낮게 나온 숫자에 안심하며 내려온다.

문득 이런 내 모습을 보고 생각했다.

자신의 좋은 점만 보려고 하다니
내가 이렇게 긍정적이군..!!

마음 근육 키우기

우울감이 심할 때에 일어난 즐거운 순간들은 대부분 기억에서 놓쳐 버리기 쉽다. 마치 우울하려고 작정한 사람마냥 부정적인 방향으로 기억을 재편집하기 십상이기 때문이다. 전환된 사고회로가 몸과 마음에 스며들어 기존의 사고 습관을 덮는 데에는 일정 기간이 필요하다. 마음은 근육과 같아서 꾸준히 운동하듯 근육을 키워 주어야만 한쪽으로 고착된 사고회로를 변화시킬 수 있다는 것을 꼭 기억하자.

별것 아닌 일 칭찬하기

기분이 우중충하고 자신감이 떨어진다면 별것 아닌 걸로 자신을 칭찬해 보자. 원치 않는 비교와 걱정을 빙자한 오지랖의 홍수 속에서는 조금만 방심해도 부정적 자아상을 갖게 되기 쉽다. 그러니 평소 어떤 상황에서라도 나를 칭찬할 점을 찾아내는 연습을 해 보자!

기억도 선택이다

인생에 항상 좋은 일만 일어나도록 통제할 수는 없지만, 나에게 일어나는 일들 중 좋은 것들을 더 자주 기억하는 것을 선택할 수는 있다. 좋은 것들을 더 자주, 더 많이 기억하자.

한 가지 생각이 꼬리에 꼬리를 물며 괴롭힐 때

지금 마음을 괴롭히고 신경 쓰이는 일이 있다면

더 신경 쓰이는 일을
만들어라.

기억은 지우는 게 아니라

덮어 나갈 수 있을 뿐이다.

심란한 마음 역이용하기

아픈 마음을 낫게 하는 건 대체로 시간이다. 그렇다고 마냥 시간이 흐르길 기다리는 건 너무 힘드니까 아픔이 잊혀 가는 동안 그 위에 새로운 기억을 덮는 꼼수를 써 보자. 신경 쓰이는 일이 있을 땐 더 신경 쓰이는 일을 만들어 생각과 에너지를 분산시키는 것. 어처구니없는 방법 같지만 한 가지 생각에 과몰입하는 성향이 있는 사람에게 꽤 효과적이다. 심란한 마음을 역이용해 생산적인 방향으로 생각을 틀 수 있다면 제법 괜찮은 승화가 되지 않을까?

자기만의 작은 꼼수 만들기

마음이 심란해 일에 집중이 안 될 땐 방 청소나 책상 정리, 덕질도 하나의 방법! 명상이나 그럴듯한 취미처럼 꼭 모범적인 형태일 필요는 없다. 마음 정리에 도움이 되는 자기만의 작은 꼼수를 만들어 보자.

PART 04

하기 싫은 건
지극히 정상입니다

34

바쁜 게 끝날 때마다 공허해

시험만 끝나면..

아무것도 안 함.

대학생

영어공부도 하고,
전시도 보고,
여행도 가야지..

과제만 끝내면..

아무것도 안 함.

직장인

운동도 하고, 영어공부도 하고,
기타도 배워야지..

이번 프로젝트만 끝나면..

아무것도 안 함.

이번 할당량만 끝내면..

데드라인의 마법

 근자에 깨달은 인생의 진리가 있는데, 아무리 일을 미리미리 해 놔도 마감 전날엔 500%의 확률로 밤을 새게 된다는 사실이다. 데드라인에 이끌려 생체 시계가 돌아가는 삶. 비록 한동안은 폐인의 몰골이 될지언정 가슴 한구석에서는 '내가 이렇게 열심히 살고 있구나!' 하는 뭔지 모를 안도감이 느껴진다. 마감 전 초능력 상태일 땐 단전에서부터 알 수 없는 자신감이 일렁인다. 읽고 싶은 책, 보고 싶은 영화, 하고 싶은 것들 산더미에 지구도 부술 것 같은 의욕이 솟아오르니 그 여세를 몰아 비장하게 차후 계획들까지 세우곤 한다 (그럴 시간에 일을 먼저 끝내지). 그러다 바쁜 일들이 한바탕 휘몰아치고 지나가면 어김없이 공허감이 찾아오고 만다. 심심하지만 뭔가 유익하고 실용적인 일을 하기는 싫고, 그렇다고 게으름을 피우자니 왠지 불안하고 초조한 기분. 그래서 한동안은 불안해하면서 아무것도 안 한다. 시간을 손에 넣지 못했을 때는 그토록 바라다가도 막상 쥐고 나면 늘 힘없이 흩뿌려 버린다. 왜 항상 갖지 못한 것만을 갈망하게 되는 걸까. 이렇게 계속 무언가가 끝나기만을 기다리다 아무것도 못한 채 끝나 버릴까 두려울 때가 있다.

생의 과제들을 달성하고 해치워 버리려는 마음가짐으로만 대한다면 아무리 열정을 다한들 자신의 삶을 온전히 운용하기는 힘들어진다. 주체적으로 무언가를 하는 것이 아니라 일이 나를 끌고 다니는 격이 되니 다 끝난 후엔 보상심리로 주체적인 게으름이라도 피우고 싶어지게 되는 것이다.

물론 모든 일을 내 일 같은 마음으로 대하기란 어렵지만 그 틈새를 잘 들여다보면 온전히 내 것이 될 수 있는 시간들도 분명 찾아낼 수 있을 것이다. 적어도 그 시간만큼은 지금이 끝나기를 바라지 말고 과정을 살자. 이것이 끝나면 다음 것이 또 올지니 우리는 무언가가 끝나기를 기다리는 사이사이에 미리 즐거움을 끼워 놓을 줄도 알아야 한다. 그런 시간들이 쌓여 단단해진 마음은 어느 날 다시 엄습한 공허감에 조금은 덜 흔들리도록 붙잡아줄 거라 믿는다.

35

지금 이 선택이 잘못된 거면 어쩌지?

근엄 진지

조금이라도 더 나은 선택을 위해

사랄라 블라우스
24,800원

여신 원피스
46,700원

하나부터 열까지
꼼꼼히 따져 보지만

이후의 일은
누구도 예측할 수 없으므로

택배
왔습니다~!!

최선의 선택이란 존재하지 않는다.

. . .

왜 핏이 다르지..
옷아 너는 죄가 없다..
내 탓이오 내 탓이오.

그저 선택만이 있고 그 선택을 사랑하는 것이
네가 가진 유일한 선택권이지.

어느 쪽을 선택하든
얻는 만큼 잃어야 하는 게 있을 테니
무얼 선택하든 후회는 남는다.

텅장

어느 것을 고를까요~
알아맞혀 보세요~
코카콜라 맛있다.
맛있으면 또 먹지.
또 먹으면 배탈 나.
배탈 나면 병원 가.
척척박사님..

때로는 단순히 마음 가는 대로 선택해야 한다.

최선의 선택이란 없어

 나이를 먹어도 결코 쉬워지지 않는 선택
들이 있다. 선택이 어려운 이유는 대부분 답을 알고 있기 때문
이다. 어느 쪽을 선택해야 할지 알면서도 그에 따르는 리스크
는 감당하고 싶지 않은 마음이 우리를 망설이게 한다. 하지만
본디 선택이란 게 어느 쪽을 택해도 최선일 수가 없다. 왜냐?
그 선택의 결과에 대한 마음가짐 역시 내가 선택해야 하니까.
그 자체로 '더 나은 선택'도, '잘못된 선택'도 애초에 존재하지
않는 것이다. 나에게 진짜 최선이 무엇인지 가장 잘 아는 사람
은 결국 나 자신뿐일 테니. 어떤 선택을 하더라도 그럴 수밖에
없는 나름의 이유가 있는 것이다.

우리가 정말 원하는 건 최선의 선택이 아니라 언제든 다른 선
택을 할 자유가 아닐까. 슈뢰딩거의 고양이가 그러하듯 누구
도 동시에 두 가지 이상의 상태에 존재할 수 없기에. 택하지
않은 지난 길을 늘 갈망하며 살아가든지, 아니면 이미 선택한

것에서 기어이 기쁨을 찾아내는 삶을 살든지 선택해야 할 것이다. 때로는 너무 고민 말고 마음 가는 대로 선택한 뒤 나의 선택을 사랑하는 것만이 최선일지 모른다.

36

꼭 긍정적으로 생각해야 돼?

애써 긍정적으로 생각하며 살기
버거워지는 때가 있다.

마음이 땅을 파고
지하로 한없이
곤두박질치는 그런 시기

그럴 땐 굳이
긍정적으로 생각하지 않아도 돼.

그래도 괜찮아.

애써 긍정적으로 생각하기 힘들 때

 "긍정적으로 생각을 해야지!"

나는 이런 희망 다짐을 강요하는 말들을 좋아하지 않는다. 이미 지쳐 상황을 버텨 낼 힘이 부족한 사람에게는 혹여 좋은 의도의 조언이라도 자칫 폭력적으로 들릴 수 있기 때문이다. "너는 왜 긍정적으로 생각하지 않니?", "네 노력이 부족해서 그렇지!" 이런 말들은 '나는 왜 긍정적으로 생각하지 못할까?' 하는 패배감만 불러일으킬 수도 있다.

애써 긍정적으로 살기 너무 힘들다는 생각이 들 때는 굳이 긍정적으로 생각하지 않아도 된다. 이미 가진 생각들을 완전히 내던지고 갑자기 극단적으로 긍정적인 태도를 취하는 것보다는, 기존의 내 생각에 반하는 상황을 보고 '그럴 수도 있지' 하며 수용하는 정도로 충분하다. 뭐든 숨기려 하면 더 티가 나는 법. 긍정적인 사람이 되려고 내 안에 분명히 존재하는 부정적 생각을 무시할수록 마음은 오히려 그 존재를 증명해 보이려 할 것이다. 그러니 이렇게 생각하는 편이 더 낫다.

'나에겐 부정적인 생각들이 존재해. 하지만 다른 식의 생각
도 할 수 있어.'

37

내가 나라서 너무 싫다

성격을 바꾸는 가장 쉽고 좋은 방법은

기존의 나를 없애지도 부정하지도 않은 채
새로운 일에 마음을 여는 것이다.

새로운 내가 **되기 위해**

늘 어딘가 모르게 암울한 구석이 있어 보이는 내 성격이 무척이나 싫었기 때문에 줄곧 성격을 바꿀 수 있는 방법을 찾아 헤맸다. 그러다 단기간에 새롭게 달라질 수 있는 방법을 소개하는 어느 책 한 권을 보고 나서는 매일 아침 거울을 보며 밝고 활기찬 사람이 되게 해 주는 문장들을 소리 내어 외치기도 했다(꼭 크게 소리 내어 외쳐야 한다고 적혀 있었다).

"나는 매일매일 나아지고 있다!"
"나는 매일매일 새로운 사람이 되고 있다!"

매일매일 열심히 외쳐도 변하는 건 없었다. 단번에 눈에 띄는 변화가 없는 것 같으니 그만두고 또 다른 방법을 기웃거렸다. 하지만 그렇게 머리로 많은 이론들을 알아 갈수록 아는 것과 현실과의 괴리에 혼란스러워질 뿐이었다.

'나는 매일매일 새로운 사람이 되고 있다.'

얼핏 보면 긍정적으로 보이는 이 문장의 뒤편에는 사실 '지금의 나는 싫으니까 완전히 달라질 거야' 하는 마음이 숨어 있었던 것이다. 그렇게 함정에 빠져 잘못된 방식으로 열심히 노력한 뒤의 허탈감이 반복되고 내면화되자 위험한 믿음이 생겨났다.

'난 절대로 달라질 수 없을 거야.'

많은 심리학 서적과 심리학자, 정신과 의사들은 타고난 성격은 바뀌지 않는다고 말하기도 한다. 하지만 그렇다고 해서 내가 갖고 태어난 유전과 환경에 좌절할 필요는 없다. 성격을 바꾼다는 건 '사고를 넓혀 가는 것'에 가깝기 때문이다. 즉, A에서 B로 달라지는 것이 아니라 A인 내 안에 작은 a, b, c들이 추가되는 식이다. 성격을 바꾼다고 하면 막막하게 느껴지지만 새로운 생각을 추가하는 건 시도해 볼 만하지 않은가. 가령 그동안 사과만 좋아했던 사람이라면 오렌지도 한 번 먹어 보는 것이다. 그러다 오렌지가 별로면 또 다른 것을 시도해 보면 된다. 중요한 건 지금의 나를 없애려 하거나 부정하지 않아야 한다는 것. 그렇게 나를 있는 그대로 놔둔 채 더 필요한 면들을 추가해 나가면 된다. 그러려면 어느 정도 절대적 시간도 필요하다. 몸에 익은 습관을 단기간에 바꾸기 어렵듯이 사람의 사고 체계 또한 하루아침에 변하진 않기 때문이다. 지난 시간들에 굳어진 과거의 나와 현재의 내가 마치 마라톤 경쟁자처럼 서로 엎치락뒤치락하며 앞으로 나아가는 것이다.

그간에 내가 달라지고자 해 온 노력들은 실존하는 나를 완전히 부정한 채 가짜 이미지를 연기해 보이려 애쓴 것이었다. 그러니 매번 쉽게 지치고 포기하고 싶어진 것도 당연했다. 여전히 내가 가진 모든 면이 마음에 드는 것은 아니지만 더 이상은 비현실적 낙천과 무조건적 긍정을 외치지는 않는다. 대신 '지금의 나도 괜찮지만 또 다른 것을 해 봐도 좋지' 정도로 스스로와 타협하며 살아가려 한다.

새로운 내가 되기 위해 필요한 것은 더 열심히 사는 것도, 더 부지런해지는 것도 아닌 사소하지만 새로운 일에 마음을 내어 줄 수 있는 용기다.

38

와, 컵에 물이 반이나 비었네!

채움보다 비움이 필요한 순간들이 있다.

비움이 필요한 순간

"와, 컵에 물이 반이나 남았네!"

"에이, 컵에 물이 반밖에 안 남았네."

가진 것에 만족할 줄 아는 마음에 대해 이야기할 때 드는 비유의 정석. 우리는 반 컵의 물을 가지고도 행복할 줄 알아야 한다고 배웠다. 또는 마음이 부자인 사람이 되라고 거의 반 강요를 당하기도 했다.

하지만 이 이야기에는 허점이 하나 있다. 물이 반 컵 담겨 있어도 만족할 줄 알아야 한다는 말에는 '채움'만이 만족감을 얻기 위해 할 수 있는 전부라는 전제가 깔려 있다. 왜 물이 '채워진 것'만을 긍정적인 쪽이라고 생각하는 걸까? '비워진 것'을 긍정하면 안 되는 걸까? 애초에 무언가가 채워져 있어야만 긍정적일 수 있다는 전제를 갖고 이야기하면서 어떻게 비워진 50%를 눈으로 뻔히 보고도 적당히 만족하라는 것이냐는 말이다.

관점을 거꾸로 돌려 보자. 만약 빈 컵이 필요한 사람이라면 이렇게 생각할 것이다.

"컵이 반이나 비었네!" 혹은 "에이, 컵이 반밖에 안 비었네."

이 경우엔 '비워진 것'을 긍정하게 되는 것이므로 반대로 완전히 빈 컵이 필요한 사람에게는 물이 남아 있다는 사실이 만족스럽지 못할 수도 있다. 만약 컵에 꽃을 꽂아 두고 싶었던 사람이라면 어떨까. 아마 그에게는 완벽한 양의 물이 든 컵이 될 것이다.

여기에서 중요한 건 긍정적인 면을 볼 줄 아느냐 모르느냐가 아니다. '긍정적인 것'의 정의를 '채움'이나 '비움' 어느 한쪽으로도 규정짓지 않아야 한다는 것이다. 만족하기 힘든 상황에서 무조건 긍정적인 쪽을 보는 사람이 되라고 하기보다는 '긍정적인 것'의 범위를 넓힐 수 있는 세상을 만들어 가야 한다. 세상에는 자신이 처한 상황이나 생각의 관점에 따라 다양한 모양의 만족감을 얻으며 살아가는 사람들이 있다. 세상에 손가락 지문 하나 나와 똑같은 사람이 없는데 어떻게 모두가 같은 상태로 행복할 수 있겠나.

그러니 컵에 물이 반이나 남은 것을 기뻐해야 한다는 말은 우리에게 긍정적 관점에 대해 한 가지의 답만을 정해 버리는 것일지 모른다. 항상 무언가 채워져 있어야만 만족스러운 상태에 가까워질 수 있다고.

때로는 채움보다 비움이 필요한 순간들이 있다.

39

아무리 애써도 끝이 보이지 않는 것 같아

연꽃은 완전히 필 때까지 오랜 시간이 걸린다.
만약 꽃이 완전히 다 필 때까지를 100일이라고 가정한다면
90% 정도가 피는 데 50일쯤이 걸리고
나머지 10%가 마저 다 피는 데에 또 50일쯤이 걸리는 것이다.

끝이 보이지 않는 것 같을 때.
오래 노력해도 변화가 없는 것 같을 때.

연꽃을 생각해.

겉보기엔 멈춰 있는 것 같이 보일 때에도
나머지 10%를 다 피우기 위해 고군분투하고 있는 너는 연꽃.
보이지 않아도 끊임없이 피어오르고 있는 너는 연꽃.

그냥 다 포기하고 싶다

언제나 내가 그토록
원하던 것들은

그것들을 내려놓았을 때
비로소 찾아오곤 했다.

내려놓음은
포기가 아니다.

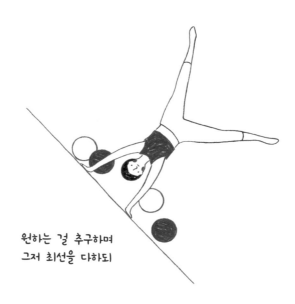

원하는 걸 추구하며
그저 최선을 다하되

나머지는 인생에
맡기면 되는 것이다.

모든 게 제자리를 찾을 수 있게.

포기와 내려놓음의 차이

학교생활도 녹록지 않고 전공도 안 맞는다는 이유로 휴학하고 계약직 회사를 다니던 때의 일이다. 돈도 없고 친구도 없고 가족관계도 힘들고 나를 둘러싼 모든 게 엉망이라 느끼며 일이 끝나면 방에서 히키코모리처럼 누워만 있던 그즈음, 길에서 설문조사를 해달라며 접근하는 사이비종교 전도사를 만났다. 그녀에게 커피까지 사 주며 한참 얘기를 듣다가 내 인생의 망가진 지점들을 풀어 준다기에 그들의 아지트(?)에 따라가 제사까지 드릴 뻔했더랬다. 다행히 나중에야 알고 끊어 냈지만 '대체 어떤 사람들이 저런 거에 속아 넘어가는 거지?' 싶던 그것에 넘어갈 뻔했던 이유는 아마도 그땐 삶을 포기해도 별 미련이 없을 만큼 절망적인 상태였기 때문이었을 것이다.

꿈꾸던 이상적인 삶에서 한두 가지가 벗어나기 시작하니 다른 모든 것들도 아무런 의미가 없게 느껴졌고, 좌절감은 또 다른 좌절감들을 낳아 다 포기해 버리고 싶어졌다. 현자들은 내려놓아야 원하는 걸 얻을 수 있다고 하던데 내려놓는다는 게 대체 무슨 뜻인지 모르겠더라.

이현세 만화가는 저서 《인생이란 나를 믿고 가는 것이다》에서 이렇게 말한다.

"포기가 손을 털어 버리는 것이라면 운명으로 받아들이는 것은 또 다른 길을 만들고 앞으로 나아가는 것이다. (중략) 아무 행동도 없이 수동적으로 허무주의적인 태도로 일관하는 팔자 타령과 담담하게 운명을 받아들이는 것은 전혀 다른 자세다. '내 운명이 이런데 내가 할 수 있는 게 뭐 있겠어? 되는 대로 살자' 하는 것이 전자고 '내 운명이 이러하니 내가 어찌할 수 없는 것은 받아들이고, 할 수 있는 것이 무엇인지 찾아보자' 한다면 그것이야말로 운명을 극복하는 삶의 자세일 것이다."•

내려놓아야 비로소 찾아온다는 것은 영적인 것이나 마법 주문 같은 게 아니다. 그건 당장에 바꾸기 어려운 일에는 잠시 집념을 내려놓고 내가 할 수 있는 일에 몰입해야 함을 말한다. 누구나 재밌고 즐거운 일을 할 때 시간이 빨리 가는 경험을 해 본 적 있지 않은가? 우선 내가 할 수 있는 일들에 집중

하며 지내다 보면 작은 성취감들을 얻게 될 것이고 그러는 동안 시간은 빠르게 흘러 불행하다 여겨지는 시기를 잘 지날 수 있게 된다. 나를 둘러싼 세계가 어딘가 잘못되어 있다면 내가 그곳을 바라보는 시각을 돌려 보는 편이 낫다. 그렇게 쌓인 작은 긍정성들은 연쇄 작용을 일으키는 속성이 있어 그 언젠가 포기해 버렸던 무엇들에 필히 가까워지게 될 것이다.

모든 것을 계획대로 하는 것의 반대말은 '포기'가 아니라 '내려놓고 흘러가게 두는 것'이다.

• 이현세,《인생이란 나를 믿고 가는 것이다》, 토네이도, 2014, 42p

41

사는 게 이렇게 지겨울 수가

작은 게 있으니

큰 것도 존재하지.

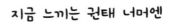

지금 느끼는 권태 너머엔

생에 대한
치열한 열망이 있을지 몰라.

권태의 반증

인생 편하게 살고 싶다는 말을 입버릇처럼 달고 다니면서도 막상 무언가를 이루고 생활이 한 단계씩 편안해져 갈 때마다 지독한 무기력과 권태에 시달렸다. 소원하던 그 무언가가 삶의 수단이 아닌 목적이 되어 버렸기 때문일까. 목표를 하나 이룰 때마다 살아야 할 이유 하나도 함께 사라졌다. 그리고 또 다른 목표를 만들어 낼 때까지 방향을 잃고 헤매기를 반복하는 사이, 과정에서 오는 기쁨은 바짝바짝 말라 갔다.

인간이 극단적 상황에 처하거나 죽음을 앞두게 됐을 때는 절대 권태를 느낄 수 없다는 이야기를 들은 적이 있다. 그래서일까. 권태는 여유롭고 게으른 자들의 사치로 치부되기도 하는 것 같다. 권태는 바쁜 생활 속에서도 찰나의 틈만 있으면 비집고 들어오기를 잘한다. 그럴 때는 다 괜찮아질 거라며 무조건적 긍정을 말하는 희망담론들이 아무런 도움이 되지 않는다. 물론 그게 모두에게 무용한 건 아니겠지만 내 경우엔

수면 위로 올라온 감정만을 일시적으로 위로해 줄 뿐이었다.

그러다 이 권태로움 너머에 뭔가가 더 있진 않을까 생각했다. 날이 밝을 때는 플래시를 아무리 비춰도 좀처럼 티가 나질 않는다. 빛은 어두울 때라야 더 잘 보이고, 밝은 빛을 본 적 있는 사람만이 어둠이 어둡다는 걸 안다. 절대적 밝음이나 어둠 같은 건 없는 것이다. 그러니 절대적 권태도 없다고 믿는다. 만약 삶이 늘 권태로운 사람이 있다면 그 속에 완전히 젖어 들어 있기 때문에 역설적으로 권태를 느끼기조차 어려울지 모른다. 권태를 느끼거나 사는 게 너무 지겹다는 생각이 든다면 적어도 한 번은 치열하게 인생에 빠져들어 봤거나 혹은 생생하게 살아 있고자 하는 욕구가 있다는 반증일 것이다.

우리가 느끼는 감정이나 떠오르는 생각들 너머에는 자신이 가진 욕구의 원형들이 있다. 삶이 조금씩 편안해질 때마다 그토록 권태로워졌던 까닭은 아마도 편한 것만으로는 만족할 수 없는, 내 안에 남은 열망들 때문이었을지 모른다. 지금의 권태 너머에 있는 무언가를 찾게 된다면 알아주고, 안아 주길 바란다.

'거기 있었구나. 오래 기다렸지?'

42

행복한 순간은 얼마 가지 않는다는 걸 알아

행복에 대해 한 가지 이야기하자면

그건 언제나 '현재진행형'이어야 한다.

내가 그때 대체
왜 그랬을까?

지금 행복할 것.

지금 행복해야 해

나는 항상 무언가를 해냈을 때보다 어떻게 하면 해낼 수 있을지 고민하는 시간들이 고통스럽고도 행복하게 느껴졌다. 그 시간만큼은 어떠한 권태도 절망도 느껴지지 않으니까. 그 고민들과 함께 너무나 생생히 살아 있을 수 있었다. 그렇게 내내 불확실한 미래에 생길 일을 지레짐작하고, 무의식중에 스트레스를 받기만 하며 지냈다. 무언가를 이뤘을 때 느껴지는 행복감은 얼마 가지 못할 거라는 걸 알기에, 이후에 따를 무망감(無望感)을 피하기 위해 걱정과 고민에 더 몰두했다.

우리가 생각하는 행복은 대개 찰나의 감정 같은 것들이다. 하지만 행복한 순간이 지나도 평범한 일상은 다시 계속되고, 이미 높아진 행복의 역치 때문에 그다음 행복을 찾기는 점점 더 어려워진다(최인철, 《굿 라이프》). 그래서 행복하거나 불행하거나의 두 상태에만 머물러 있다면 삶에서 느낄 수 있는 긍정적 감정의 폭은 한없이 좁아질 수밖에 없다.

하나의 문제가 해결돼도 우리는 살면서 또 다른 스트레스 상황에 계속 노출되기 마련이다. 무엇을 이룬대도 완전하고 영원한 행복은 보장되지 않는다. 그러나 이루고 싶은 것을 가슴에 품은 그 순간에서 행복감을 찾아낸다면, 현재라는 선물을 받게 될 것이다. 가장 경계해야 할 것은 하고 싶은 것도, 얻고 싶은 것도 없는 마음이다.

현재를 즐기고 소중히 한다는 것은 곧 나 자신을 소중히 한다는 의미이기도 하다. 그러니 끝났을 때를 두려워 말고 지금 이 순간을 기대감으로 채워 나갈 수 있기를.

주머니가 두둑해질수록
마음은 점점 빈곤해질 때

돈을 받으며 일을 하면 딱 그만큼의 행복도가 줄어든다.

열심히 일을 하다 어느 순간

'왜 이렇게 행복하지가 않지?' 싶어 정신을 차려 보면

last week

yesterday

today

쓰는 행위보다 버는 행위를 더 많이 하고 있다.

오늘 하루 번 돈은 '하루치 불행'의 값.

나는 그 돈을 다시 행복을 사는 데에 쓴다.

치킨이라는 행복을..

차곡차곡 행복 저장하기

행복해지려고 목표를 향해 달려가는 동안 우리들의 매일은 대체로 행복하지 않다. 그렇게 일상의 파도에 정신없이 휩쓸리다 마음이 다 너덜너덜해졌을 땐, '소소하고 확실한 행복'을 느끼기에 늦었을지도 모른다. 그러니 일상의 틈마다 마주치는 행복의 기억들을 그때마다 가슴에 잘 저장해 놓을 것. 크고 확실한 행복을 좇지 않고도 제법 괜찮은 하루를 만나는 방법은 결코 어렵지 않다.

영혼 충전!

자기 전 옥장판 위에 누워 귤 까먹으며 드라마 보기, 주말에 하루쯤은 가만히 누워 천장 벽지 무늬 탐색하기, 좋아하는 브런치 가게에 가서 음악 들으며 아이스크림 와플 먹기 등…. 영혼을 충전해 주는 나만의 작은 의식들을 만들어서 실천해 보자.

그저 누워만 있고 싶은 내 자신이 한심할 때

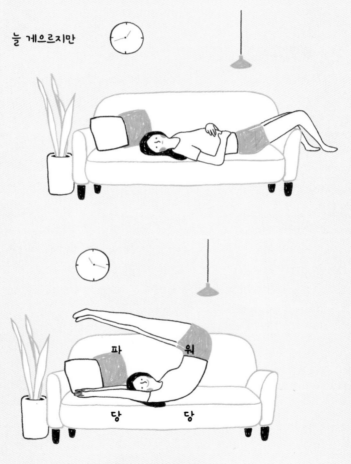

늘 게으르지만

파 워

당 당

주말에는 죄책감을 덜 느끼며 게으를 수 있어서 좋다.

힘차게 게으를 것

개인이 가진 에너지의 총량은 상황에 따라 수시로 달라진다. 이미 내가 낼 수 있는 힘의 최대치까지 써 버렸다면 당연히 방전될 때도 있는 것이다. 그러니 혹여 내 자신이 잉여인간처럼 느껴지는 날이 있더라도 나를 너무 탓하진 말자. 쉴 때는 죄책감 없이 푹 쉬어 주기도 해야 충전된 에너지로 내일을 또 살아 나갈 수 있으니까.

시간 낭비쯤이야!

귀찮은 걸 하는 게 정말 싫은데 문제는 인생에서 너무 많은 것들이 귀찮다는 점이다. 그냥 누워만 있을 수는 없는 것인가. '누워만 지내면서도 보람차게 살고 싶다!' 속으로 외치지만 평일에는 주로 죄책감을 느끼면서 게으르기 때문에 몸은 가만있더라도 마음만은 바쁘다. 이번 주말 하루쯤은 시간 낭비를 하는 사치스러운 사람이 되어 보는 건 어떨까?

아무것도 안 하고 있으면서
마음만 불안할 때

아무것도 하지 않으면

아무 일도 생기지 않는다.

그러니 뭐라도 하자.

그냥, 뭐라도 하자

노동의 가치가 고평가되는 사회에 살고 있다고 해서 그 틀 안에 나를 꼭 구겨 넣을 필요는 없다. 일하기 싫은 마음 자체는 지극히 정상이니까. 하지만 아무것도 하지 않는 상태에'만' 너무 오래 머물러서는 안 된다. 그러다가는 자칫 자신이 언제든 다른 상태로 옮겨 갈 수 있다는 사실을 잊어버리기 때문. 매일 같은 패턴에 젖어든 나를 깨우기 위해서는 뭐라도 하는 것이 좋다. 하물며 하루 종일 잠을 자더라도 자세라도 다양하게 바꿔 가면서 자는 것이다. 그렇게 뭐라도 그냥, 해 보자.

가능성을 닫지 말 것

어떤 하나의 상태에 고착되면 그게 무엇이 됐든 개인의 성장을 방해할 확률이 높다. 때문에 일단 뭐라도 한다는 것 자체가 중요하다. 뭔가 꼭 실용적인 행위를 해야만 훌륭한 인간이라서가 아니라, 어떤 모습으로든 변화할 수 있는 가능성을 스스로 닫아 버리지 않기 위해서.